義妹に婚約者を奪われたので、
好きに
生きようと
思います。

主な登場人物
アルデュイノ
メーラの祖父の頃からベラルディ家に仕え、先代伯爵時代に家令となった。
リーベス
孤児院を飛び出しベラルディ家に逃げ込むが、アルデュイノに発見され執事として働くことに。
メーラ・ベラルディ
ベラルディ伯爵家当主。病に倒れた父の工房とベラルディ伯爵家を継いだ。

メローネ・ベラルディ
ペスカの母親。亡くなったベラルディ伯爵の兄の妻。メーラから見て伯母。
ペスカ・ベラルディ
メローネの娘でメーラの義妹。メーラの父が養子縁組をし、ベラルディ家にやってきた。
ウーヴァ・ケルビー
ケルビー二伯爵家の次男。元メーラの婚約者。貴族なのに生まれつき魔力がなかった。

Contents

義妹に婚約者を奪われたので、好きに生きようと思います。

ミズメ

イラスト
秋鹿ユギリ

第一章　婚約は解消されました

「――私たちの婚約を解消する、ですって？」

私は思わずそう聞き返していた。

目の前のソファーには、申し訳なさそうに眉を下げる金髪の青年と、桃色のドレスで着飾った義妹《いもうと》のペスカが寄り添うように座っている。

私の方をちらりと見た義妹は、勝ち誇ったような笑顔から一転して目に涙を溜めると、隣にいるその青年に縋《すが》り付いた。

「ほら、お義姉様は怒っていらっしゃるわ……ダメよ、ウーヴァ……！　やっぱり許されないことなのよ」

「そんなことはないさ。話せばわかってくれるよ、メーラなら」

「そうかしら……わたし、怖いわ」

「ああ、大丈夫だよペスカ」

男女二人は私など お構いなしに勝手に会話を進めつつ、見つめ合うとひしと抱擁《ほうよう》を交わす。

ちなみにメーラというのは私の名前だ。

強制的に眼前で繰り広げられる寸劇に、目眩《めまい》がしてきた。

その理由の大半は徹夜で作業をしていたせいなのだけれど……寝不足の朝に、この訳のわからない光景はきついものがある。

「ちょっといいかしら……ええと、ごめんなさい、頭が回らなくて。ウーヴァ、貴方はさっき、私との婚約を解消すると言ったわよね。それは間違いないのよね」

状況を整理するため、私はズキズキと痛む頭を押さえながらそう繰り返した。先ほども聞いたつもりだが、寸劇が始まるだけで、明確な回答は得られなかったので仕方がないと思う。

「ああ、間違いない。そう言った」

私を真っ直ぐに見た婚約者殿は、無駄に曇りなき眼でしっかりと頷《うなず》いた。きらきらの貴公子であるが故に、眩《まぶ》しさで私は目を細める。

「メーラには申し訳ないと思っているが、僕はもう、自分の気持ちに嘘はつけない。真実の愛を見つけた。僕はペスカを愛してしまったんだ」

愚直なまでに胸を張るその男――ウーヴァはケルビーニ伯爵家の次男である。

幼い頃からの婚約者であり、ゆくゆくはうちのベラルディ伯爵家に婿に来て共に生涯を歩むはずだった。

（まあ、悪い人ではないんだけどね……）

祖父世代の取り決めによって、長く婚約者同士だった私たちだ。これまでもそれなりに親交はあった。

不仲というほどではなかったし、どちらかといえば良好だとさえ思っていた。社交をほとんどしないこの伯爵家だから、普通の婚約者同士がどのようなものかはよくわからないけれど。

少なくとも、私の両親よりはずっとマシだと思っていた。

――だがそんな婚約者様は、いつの間にやら私の義妹のペスカに心底惚れ込んだらしい。

そして婚約を解消するために、自ら私に説明に来たということのようだ。

「お義姉様、ごめんなさい。わたしも、自分の気持ちを抑えられなくって……！」

ふるふると震えながら、桃色の大きな瞳を揺らして見つめてくるペスカに、起き抜けの私は対応しきれない。

確かに彼女の柔らかなミルクティー色の髪とまん丸な瞳はとても愛らしく、日々屋敷にこもっている私の地味な姿とは対照的だ。

そういえば前髪を切るのをずっと忘れていたせいで、視界が暗い。いや、これは眠いからなのか。

（もう限界かもしれないわ）

気合いを入れないと、重すぎる瞼《まぶた》がすぐに閉じそうだ。既に半目になっている自信がある。

きっと半目で二人を見ている私は、傍目《はため》には大層目つきが悪いだろう。

「……ウーヴァ、あなたの両親が了解しているのならば問題はないはずよ」

取り決めをした祖父たちは既に天に召されているため、互いの家の当主の了解が得られればそれで問題はないはず。

ついに頭がぐわんぐわんと揺れてきた。昨日、新しい魔道具を思いついて、開発作業が楽しくてやめられなかったのが原因だ。

「その点は大丈夫だ！　ほら見てくれ、ここにその書類がある。この部分に君のサインをもらえたら、婚約解消は成立する」

私が尋ねると、ウーヴァは目を輝かせながら誓約書を取り出した。そこには確かにケルビーニ伯爵家当主のサインがしっかりと記されている。

家同士で結ばれた婚約。

向こうの当主が認めたのならばよいのだろう。あの偏屈そうな人物が、こうもあっさりと婚約解消を認めたことが不思議に思えたが、今は頭が働かない。

長年の婚約が、まさかこんな形で解消になるとは思わなかったけれど。

「そう。じゃあさっさと済ませましょう」

釈然としない部分はあるが、とにかく眠いのだ。早く済ませてベッドに行きたい。

私はウーヴァからその書類を受け取ると、目を通したあと、空いているところに名前を書いた。

内容は紛《まご》うことなく婚約解消の書類だ。ケルビーニ伯爵家の公印もあり、ご丁寧《ていねい》に既にウーヴァの署名は済んでいた。

（それにしても……）

私の意識は手にしている羽ペンに向いた。

この新しく作ったペンの書き心地は最高だ。滑らかでインクの出もいい。

特殊な素材を組み合わせて作ったインクは、水に濡れても滲《にじ》まないようになっている。紙自体がボロボロになってしまわなければ、きっと百年でももつだろう。

さらに見た目は細いこのペンには、ひと瓶《びん》分のインクを付与しているため、つどつど羽ペンをインク瓶に浸さなくてもいい優れもの。

（いつか市販化できたらいいわね。今のコストだと難しいけれど、まだ改良の余地はあるわ。素材も大量に仕入れることができれば一つあたりの単価はグッと下がるはずだし、インクも魔法の付与の仕方さえコツを掴《つか》めば、今あるもので対応できるはず。そのためには……）

私が暮らすこの国では、強弱の差はあれど、貴族には魔力がある。

かく言う私も貴族の一員ではあるので、幼い頃から魔法を使うことができた。

だけど、平民のほとんどは魔力がない。身分の違いだけでなく、貴族と平民の間にはそんな差もあるらしい。

お陰で、平民たちは暮らしも不便なことが多い。私の目標は、そんな彼らでも便利に使える安価なものを作ること。

そのため、昼夜を問わず研究に没頭している。これは、我が家の特性でもあるらしいけれど。

「……こっちにもいいか？」

「ええ。もちろんよ」

いけない。思考が完全に飛んでいた。私はウーヴァの言葉に現実に戻り、彼から差し出されたもう一枚の紙をまじまじと見つめた。

それは、新たな婚約の誓約書だった。

ウーヴァとペスカ、それにケルビーニ伯爵家の当主のサインが記入済みのそれにもサラサラとペンを走らせる。

本当に書き心地がよくて、あと何枚でも書けそうだ。だけどもう書類は終わりらしい。残念だ。

「これで全部？」

「ああ。大丈夫だ」

確認をすると、ウーヴァはゆっくりと頷いた。

「……じゃあ私はこれで失礼するわ。あとのことは爺《じい》やと話をしてちょうだい。私、死ぬほど眠いの。ウーヴァ、ペスカ、お幸せに」

「メーラ……ありがとう！」

「……お義姉様、どうして」

古くからこの家に仕えている家令の爺やに目配せをすると、彼は小さくため息をつきながらも頷いてくれた。

そのことに安堵《あんど》した私は、二人を残して部屋をあとにする。

去り際に見た義妹のペスカは、鳩が豆鉄砲を食らったような顔をしていた。私が元婚約者に泣いて縋るとでも思ったのだろうか。

――残念ながら、私にとってウーヴァとの婚約は、本当はどちらでもよかったのだ。というより、寧《むし》ろ……

「……やったわ、合法的に解決できた！　これで私は自由ね!!」

自分の部屋に戻った私は、そう言いながらベッドにダイブした。

いつもは面倒なペスカの我儘《わがまま》も、今回は感謝しかない。

きっと彼女の持病である『お義姉様のものが欲しい病』が発動したのだろうが、まあ相手のウーヴァも無事に陥落しているようだからいいだろう。

今回の事件が起きたのは、『そろそろ結婚の準備を』と本格的に事が運ぼうとしていた矢先のことだった。

今はお祖父《じい》様から引き継いだ工房でものづくりをするのが楽しくて仕方がなくて、そんなことに時間を取られるのがとても憂鬱《ゆううつ》だったのだ。

こんな考え方は貴族令嬢としては失格かもしれないが、もともと社交的でもないから問題はない。


「……お嬢様」

足をバタバタして喜んでいると、頭上から呆《あき》れたような低い声がした。

バタ足をやめて枕に埋めていた顔を上げると、端正な顔立ちをした黒髪の執事が、折角の綺麗《きれい》な顔を険しく歪《ゆが》めて私を見下ろしていた。

「なあに、リーベス」

明らかに怒っている様子のその執事に、私は寝転んでいた身体をなんとか起こして、ベッドの端に座り直す。

「なんなのですか、アレは。義姉の婚約者を奪うなど……どうしてお嬢さまはいつも、ペスカ様の傍若無人な振る舞いをお許しになるのです……！」

声を震わせて、怒りの形相《ぎょうそう》を浮かべる彼は、自分のことではないのにとても苦しそうだ。

いつも、というのは、ペスカが私のドレスや宝石を欲しがるたびに、私が折れるしかなかったことを言っているのだろう。

貴族でありながら、私と同じく魔道具師であった先代が築き上げた資産がそれなりにあるので、我がベラルディ伯爵家は社交もしないのに比較的裕福だ。

それを知っているからか、抵抗すると彼女の母親までもが出張ってきて、ヒステリックに騒ぎ立てて対応に時間がかかるため、仕方なく彼女の要求を呑んでいた。

そこに取られる時間がもったいなくて。

私がそんな態度でいるからか、古くからこの家に仕えている忠臣たちは、やきもきした気持ちを抱えていたことだろう。申し訳ない。

「それは違うわ、リーベス」

彼の言を訂正するために、私はベッドから降りて、彼の元へと歩み寄った。

綺麗な黒髪と、鮮烈な赤い瞳をもつ執事は、私より二つ歳上だっただろうか。

出会った頃は大差ないように思えた目線も、今はずいぶんと違ってしまった。

身長の高い彼を見上げると、前髪のカーテンが目に入って痛かったので、やっぱり早めに前髪を切ることをそっと心に決めた。

リーベスに近づいた私は、そっと彼の手に触れる。

手袋ごしではあるが、じんわりと温かい。

私のその行動に驚いたのか、リーベスはわかりやすくびくりと肩を揺らした。

「宝石やドレスは渡してしまったけれど、私は本当に大切なものは何一つあの子にあげたことがないのよ？　この家だってそうだし――そういえば、貴方のことだって」

「俺……ですか？」

「以前ペスカに、貴方を自分つきの執事にしてほしいって言われたけど、それはちゃんと断ったもの。しつこかったから骨が折れたけれど」

思い出してもげんなりしてしまう。

いつもはすぐに譲る私が「嫌だ」と言うと、ペスカは火がついたように泣き喚《わめ》き、飛んできた伯母様も一緒になって騒ぎ立てた。

(でも、それだけは絶対に嫌だったもの)

私の中にその選択肢はなかった。

「ドレスや宝石は、本当に興味がないだけなの」

そう言い切った後に「ね？」と微笑みかけると、リーベスはなぜか頬を赤らめる。

「……それは、存じ上げませんでした」

「リーベスだけは絶対に譲れないわ！　だって、貴方以上に私の面倒を見てくれる人なんていないもの。ウーヴァのことも友人として大切には思っていたけど、結婚は現実味がなかったわ。こうなって良かったとも思ってしまっているし」

「っ、メーラ様……」

リーベスはどこか切なげに私の名を呼ぶ。

研究に没頭するとすぐに寝食《しんしょく》を忘れてしまう私にとって、甲斐甲斐《かいがい》しく世話を焼いてくれる執事のリーベスは神のような存在だ。

ペスカの悪癖には困ったものだが、今回の件で憂いが全て解決するのならば、それでいいのではないか。

願わくば、彼女がウーヴァを選んだのが、私への当て付けではなく、きちんとした気持ちを伴ったものであって欲しい。

二人が心から愛し合っているというなら、邪魔するつもりは毛頭ない。幸せになってくれたらいいなとさえ思う。

「二人に真実の愛があるというのならば、私よりきっとあの子の方がウーヴァを幸せにできるわ。私、本当に愛とか恋だとかよくわからないもの」

お互いを想い合い、かばい合っているように見えたウーヴァとペスカの様子に、私はどこかそんな気持ちまでも抱いていた。

「そういうことだから、これからもよろしくね、リーベス」

「はい……お嬢様。いえ、ご主人様」

「なあに、それ。いつもどおりに呼んで欲しいわ」

やけに仰々《ぎょうぎょう》しいリーベスの呼び方に、私は思わず笑ってしまう。

結婚の義務もなくなり、これからまた暫《しば》くは研究に集中できる。

いずれは私も家のために世継ぎをもうけなければならないのだろうけれど、養子をもらうという手もあるし、そのあたりは何とかなるだろう。

「流石《さすが》に徹夜明けは眠そうですね。よ……っと」

「わっ」

あっという間にリーベスに抱え上げられた私は、柔らかなベッドの上に下ろされた。

「それに、こんな分厚《ぶあつ》い眼鏡をしたまま寝てしまうのは、とても危険です」

「あら……すっかり忘れていたわ」

研究中からずっとつけていた分厚い眼鏡――目を保護するためのゴーグルを取ってもらった私は、こんな姿でペスカたちと対峙していたのかと思うと、おかしくて少し笑ってしまった。

「……俺がずっとお側にいます」

そう聞こえたのは、夢だったのだろうか。

ベッドの引力に呑み込まれた私は、徹夜明けであることも相まって、あっという間に眠りについてしまった。

◆◆◆

あれは――私が五歳の頃。

ベラルディ伯爵家のエントランスに、一頭立ての馬車が停まった。

そしてその前には男女が立っていて、視界が低い私は、誰かと手を繋《つな》いでその様子を眺《なが》めている。

「こんな家、初めっから嫁いできたくはなかったのよ！」

そう宣《のたま》うのは、私と同じ緑の瞳を憎々しげに揺らす女性だ。彼女の瞳はしっかりと私をとらえ、奥深くまで絡んでくる。

「さようなら、メーラ。もう二度と会うことはないでしょうね。ようやくこの家から離れることができてせいせいするわ。研究しか能がない一家なのだもの」

「やめないか。幼な子相手に」

「あら、今になって父親顔するの？　これまで私にもメーラにも無関心だったくせに」

「……」

お母様の言葉に、お父様は黙り込む。

その様子を見たお母様は、ますます歪んだ顔で笑った。

「いつもそうだわ。最後は黙り込んで。私のこと、ずっと馬鹿にしてらしたのでしょう」

「そんなことはない」

「……っ、なんなの」

お母様の顔が、怒りと悲しみに歪むのを、幼心に理解した。

「奥様、参りましょう」

口論を始めた両親の間に立つ男は、私も見たことがある人物だった。

お祖父様と懇意にしている商人の息子で、度々《たびたび》我が家に出入りしていた人だ。

私も商談をしているところに入っていって、甘いお菓子をもらったことがある。

「おかあさま、どこにいくの？　おでかけ？」

馬車にはたくさんの荷物が積まれている。私がそう尋ねると、お母様は一度私の方を見たあと、プイとそっぽを向いた。

そしてそのまま、何も言わずに馬車へと消えてゆく。

「では……」

出入りの商人が、帽子を取って頭を下げる。それをお父様は何も言わずに見つめている。

ただ、私の手を握るお父様の手に力が込められて、痛いくらいだった。

そのまま馬車は走り出し、朝靄《あさもや》の中に消えて、すっかり見えなくなった。

「おとうさま、おかあさまはいつかえってくるの？」

「メーラ、お母様はもう帰ってこない」

見上げたお父様の顔が、とても悲しそうだった。

私はそれ以上何も言えなくなって、ただただ馬車が走り去った方をじっと見つめた。

その時はよくわからなかったけれど、その日お母様はこの家を出ていったのだとあとで知った。


「奥様もよくやるわよねえ、若い男と出ていくなんて。メーラ様も小さいのに」

「まあでも、旦那様も研究ばかりだもの。ほとんど社交もしないここの暮らしが、派手好きの奥様には耐えられなかったんじゃない？」

「お金だけはあるのにね、はは」

お母様が去ってから一週間が経とうとする頃、メイドたちがそんな会話をしているのを聞いた。

「もともと、お互いに愛し合ってはいなかったのよ。旦那様も、奥様の不貞を知っても全然動揺していなかったでしょう。淡々と離縁を進めて」

「でもほら、小さい子がいらっしゃったら、普通は躊躇《ためら》いそうなものだけど――」

「だからさ、メーラ様のことも愛してはいなかったってことでしょう。年齢の割におとなしくて聞き分けが良すぎるもの。愛嬌《あいきょう》がなさすぎてちょっと怖いくらい」

「いやわかるけど……言いすぎじゃない？　ふふ」

「その分、世話も楽だけどねえ。あはは！」

偶然聞こえてきた会話は随分と楽しげだが、耳を塞《ふさ》ぎたくなるような言葉が並ぶ。

気付けば私は、その場から走り出していた。

お母様の部屋は、この長い廊下の先だ。

「はあ……、は、どうして」

主人がいなくなり、どこか空虚な部屋の真ん中に置かれたテーブルに、複数の魔道具が並べられていた。

どれも、お父様がお母様のために作ったものだ。そしてその中には、私が作った拙《つた》いものも紛《まぎ》れている。

お祖父様に教えてもらった魔道具作りはとても楽しくて、筋がいいと何度も褒められて嬉しくなった。出来上がると嬉しくて、お母様にプレゼントした。

——でも、お母様は全て置いていった。

笑って受け取ってくれたように思うのに、そのどれもが彼女にとっては〝不要〟だった。私もお父様も、何もかも。

ぽたり、ぽたりと、床に涙が落ちて、敷物に染《し》みを作る。

お母様は、私をこれっぽっちも愛してなどいなかったのだ。

そうしてそこから、私とお父様とお祖父様の三人で暮らし始めた。

お祖父様に魔道具の扱い方を学びながら過ごしていたけれど、私が十歳になった年に、お祖父様は病《やまい》で亡くなってしまった。

そしてそれから二年ほど後に、お父様はこの家に伯母様とペスカを迎えた。

家を出ていた伯父様が、不慮の事故で亡くなったのだという。そんな彼女たちを支えるために、お父様が言い出した話だった。

(義妹《いもうと》って……どんな感じなのかしら)

これまでほとんど会ったことのない従妹《いとこ》が義妹として迎えられることに、私は期待と不安が入り混じった不思議な感情を抱いていた。

仲良くできたらいいなあと、漠然と思う。一緒に魔道具開発ができたりしたら、きっと楽しいかもしれない。

「メーラと言います。メローネ伯母様、ペスカ、これからよろしくお願いします」

「……ええ、よろしく、メーラ」

「……ペスカです。お義姉様、これからよろしくお願いします」

一瞬言葉に詰まったように見えたペスカだが、最後はその愛らしい顔でにっこりと微笑んでくれた。伯母様もどこか含みのある笑顔を見せる。

家族になれる、という淡い期待は、ほんの数日で打ち砕かれることになった。

「……研究ですか？　わたしも……ううん、わたしはそんなことしたくないわ。そんなことより、お義姉様のクローゼットにあるドレス、一つ借りてもいい？」

「え、ええ。どうぞ」

「そこにある素敵な宝飾品も、つけてみたいの。いい？」

「……ええ」

ペスカは綺麗なドレスや宝飾品を何よりも喜んだ。そして『貸して』という言葉が『ちょうだい』に変わっていき、断ると癇癪《かんしゃく》を爆発させるようになった。

「お義姉様はなんでも持っているじゃない！　わたしにちょっとした宝石をくれるぐらいいいじゃない！」

「でも……あなたはあの時、別の宝石を買っていたじゃない」

「まあ。良き義姉であれば、こういう時は譲るものなのに。メーラはそんなこともできないのね。母親の教育が……まあごめんなさい、これは失言だったわ。わざとではないのよ」

抵抗しようとすると、横から伯母様が口を出してくる。

それを言われると、もともとそんなに興味のなかった宝石やドレスがますます色褪せて見える。

「お父様、あの……」

「悪い、メーラ。疲れているから、急ぎじゃないならあとにしてくれないか」

「……わかりました」

父はますます書斎にこもりきりになり、私と話などをする余裕はなかった。そのことがますますあの二人を増長させてしまうことになっているとはわかっていても、目の下に隈《くま》を作り、睡眠時間すら削っている様子の父に、これ以上心配をかけることなどしたくなかった。

(私が我慢すればいいのよ。うん、簡単なことだわ)

私はまた、すっかり全てを諦《あきら》めた。

そして、母がこの家を去ってから、何かに取り憑《つ》かれたように研究に打ち込んだ父は、無理が崇《たた》って、私が成人を迎えた数日後に儚《はかな》くなってしまったのだった。

第二章　義妹のペスカ

目を覚ますと、いつもよりもずっと日が高かった。

寝不足で早寝をした結果、さらに昼近くまで眠っていたらしい。

(──またあの夢だったわ)

嫌な記憶は忘れることなく、こうして時折悪夢として現れる。

十年以上前のことなのに、映し出される映像はずっと鮮明で、この夢を見た日は特別に気分が落ち込む。きっと、昨日の婚約解消という一大事件がこの記憶を呼び覚ましてしまったのだろう。

気分を変えるためにぐっと伸びをすると、くうと小さな音が聞こえて自らの空腹を知る。そういえば、夕食も食べずに眠っていたのだった。

「……お腹が空《す》いたわ」

お腹をさすっていると、タイミングよく扉が叩かれる。

お嬢様、と呼ぶ声はリーベスのものだ。

「おはよう、リーベス」

私はそれを聞いて、ベッドの上に置いてあるランプのボタンを押した。これは通信ができる魔道具で、扉の横に設置している送話口を通じて、外にいる人と会話ができる代物だ。

私はよく徹夜続きの研究をして、その後丸一日眠りこけることがあるため、その不規則な生活の中でも、外との連絡を取るためにと作り上げたのだ。

私がこのボタンを押すと、送話口の上部に取り付けられた小さな電球が光る仕組みになっているため、誰か通りがかった人は私が用事があることがわかる。

これもまだまだ試作品の段階なので、いろいろと試してみたいところだ。

『お目覚めですね。おはようございます。ちょうど食事の準備をしていますので、朝の支度はプルーニャに任せます』

「わかったわ。ありがとう、リーベス」

『他に何かご入用ではありませんか？』

「大丈夫よ。とってもお腹が空いているから、急いで準備するわね」

そう答えると、リーベスがふ、と軽く笑ったような気がした。扉の外にいるから、もちろんその真相は私にはわからないのだけれど。

『厨房にもそのように伝えておきます。では』

リーベスと話しているうちに、夢の印象がだいぶん薄れてきた。

便利な道具をこうして作ってみたわけだけれど、リーベスはこうして私が合図を出すよりも早く気が付いてくれるから不思議だ。

「メーラ様。失礼いたします」

「おはよう、プルーニャ」

「まずはこちらを」

それから数秒もしないうちに、部屋には支度のためにプルーニャがやってきて、果実水を差し出してくれた。相変わらずの連携プレーだ。

喉も乾いていた私は、それを一度にぐいっと飲み干し、あとは彼女にされるがままに準備を済ませる。勝手を知っている彼女は、とても素早く澱《よど》みなく準備を終わらせてくれた。

その後すぐに食堂に案内されると、テーブルの上には出来立ての食事が並んでいた。

昨晩は夕飯も食べずに眠ってしまったため、お腹がとっても空いていたから助かる。

「いつもありがとう。今日もとっても美味しいわ」

「ありがとうございます」

配膳してくれた料理長にお礼を言うと、にこやかに返される。もぐもぐと咀嚼《そしゃく》しながら、大きな窓の方に視線を移すと、外は快晴のようだった。

「メーラ！　これは一体どういうことなの！」

刹那《せつな》、扉を開ける騒々しい音と、金切り声が食堂に響き渡った。驚いて、しっかりと味わっていた食事を飲み込んでしまった。

「……メローネ様、朝からお行儀が悪いですすよ」

「なんですって！」

食堂の侵入者であるペスカの母親、伯母のメローネにそう投げかけると、もともと怒りの形相に満ちていた彼女は、さらに苛立《いらだ》ちを露《あら》わにする。

ずかずかと食卓に近づいてきた彼女は、その怒りを隠そうともせず私に向けた。

とはいえ、無駄に縦に長いこのテーブルのお陰で、いくらかの距離は保たれている。

傍に控えていたリーベスが半歩前に出たことで、彼女の足はぴたりと止まった。

「メーラ！　わたくしとペスカをこの家から追い出すなんて、どういう了見なのっっ！」

手に持っていた扇子《せんす》をぎりぎりと握りしめながら、メローネ伯母様は噛み付くような怒声を浴びせてきた。

私が眠っている間に、彼女の元に伝達されたらしい。私はフォークを皿に置いた。

「……もともとこの家は私のものです。お父様があなた方を引き取ったのは、ペスカが成長するまでという条件つきでした。もうその約束は履行されました。ねえ、爺や」

私の言葉に、部屋の端に控えていた爺やが大きく頷く。

そして、「恐れながら申し上げます」と恭《うやうや》しく話し出した。

「先日、ペスカ様とケルビーニ伯爵子息の婚約が成立しました。それに伴い、メローネ様とペスカ様は、この家の扶養《ふよう》から外れることとなります」

「そっ、それがおかしいと言っているのよ！　伯爵家のウーヴァ様と結婚するペスカが、この家の跡を継ぐはずでしょうっっ！」

そう激昂《げきこう》する彼女に、私は目を丸くする。

（どうしたら、そういう理屈になるのかしら……？）

それらの措置は、私が独断でしたものではないし、昨日今日に取り決めた話でもない。この家に二人を招いたお父様が、きちんと説明をしていたはずなのだ。

（ああ、でも。そういう理屈で伯母様が動いていたのならば）

もしかして、ウーヴァにペスカをけしかけたのは、伯母様の策略だったのだろうか、なんてことまで考えてしまう。

私は一度しっかり深呼吸をして、できるだけ落ち着いた声が出るよう集中した。

「メローネ様。いえ、メローネ伯母様。伯父様が亡くなられた後、確かに父はあなた方を不憫に思ってこの邸に招き、ペスカに至っては養子縁組をしました。ですが、このベラルディ家の現在の当主は私です」

お父様の兄であった伯父様の葬儀の際、幼い娘を抱える伯母様を手助けするために、お父様が二人を我が家の別邸に住まわせることにしたのは六年前のこと。

そうして伯母様たちを招き入れたものの、お父様はその頃、研究以外にほとんど関心がなく、私がどう過ごしていようが、気にも留めていなかった。

お母様とも既に離縁していたこともあり、メローネ伯母様は徐々にこの屋敷の女主人のように振る舞うようになっていった。

でも実際には、お父様と伯母様が再婚したわけではない。そしてそのお父様も、半年前に病で亡くなってしまった。この邸に残されたのは、私と伯母様たち。

この間、伯母様が何を思って暮らしていたのかは定かではないけれど、このベラルディ伯爵家の正統な後継は、私なのだ。

既に十八歳で成人済みのため、爺やに手伝ってもらいながら、先月ようやく爵位を継承する手続きを終えたばかりだった。

(だから、結婚の準備も進み始めていたのだけれど……)

不思議に思いながらも私が立ち上がると、リーベスや爺や、それから他の使用人たちも倣《なら》うようにメローネ伯母様を見つめた。

その雰囲気にたじろいだのか、伯母様は半歩後ろに下がる。

「ペスカはもうウーヴァの元へ嫁ぐことが決まったのです。彼はケルビーニ家の次男なので伯爵家の家督を継ぐことはないでしょうから、市井《しせい》に出るのかもしれませんね。でもきっと準備金は伯爵家から出るでしょうし、慎ましく暮せば問題ないかと――」

「は……？　な、どうして伯爵家のウーヴァ様が市井に出るのよ！　あなた、さっきからわたくしを貶《おとし》めるようなことばかり言うのね！」

私の言葉に、メローネ伯母様はまた眉を吊り上げる。

爵位を持たない伯父様と結婚した伯母様ならば、その仕組みは当然知っているものと思っていたが、どうやらそうではないらしい。

頭が痛くなりながらも、私は慎重に言葉を選ぶ。

「ええっと、ケルビーニ伯爵家の家督は長男が継ぐからです。どこの貴族家でもそうですが、子どもが複数いても、家督は一人しか継げません。ですから、彼は我が家に婿に来ることになっていました。家督を継ぐ者がよその家に婿入りなどできませんから。……この件に関して、ウーヴァは全て了承していると思いますけれど」

できるだけ丁寧に、私はそう説明した。

伯母様がこれらの事実を知らなかったとしても、当事者であるウーヴァは確実にこのことを知っているはずなのに。

(――そういえば、このことをペスカは知っていたのかしら)

そう考えて、私はようやくこの場に義妹《ペスカ》の姿がないことに気がついた。

いつもは二人でセットなのに、今日はメローネ伯母様だけだ。

「あ、あなたは私たちに、また平民となって出て行けと言うのね」

伯母様は声を震わせる。

「なんてひどい娘なの！　わたくしたちを迎えてくださった旦那様はとてもお優しかったのに、貴女のその冷酷さは、家族を捨てた母親譲りなのね。亡くなった父親に申し訳ないと思わないのかしら⁉　ああ非道だわ、横暴よ‼」

ようやく状況を理解したのか、メローネ伯母様はますます声を荒げて捲《まく》し立てる。

重ねられる彼女の言葉に、私はちりちりと心が焼かれるような苦しさを覚えた。

「メーラ様、大丈夫です」

息が詰まるような瞬間、そっと私の隣に立ったのは、リーベスだった。柔らかい言葉と笑顔に、ふにゃりと気が抜けた私は心から安堵する。

リーベスの笑顔に安心していると、他の使用人たちの表情も見えてきた。皆心配そうに私を見つめている。

大丈夫。彼の言葉を心の中で反芻《はんすう》して、私はまたメローネ伯母様をしっかりと見据えた。

「――今回の話を進めたのはウーヴァとペスカでしょう？　それに、お父様もきちんと説明していたはずです。そのことを棚に上げて、私をそのように侮辱する権利はありません」

そう言い切ると、メローネ伯母様の緑の瞳が一層吊り上がる。

「っ、あなたはいつもいつもそうやって取り澄まして、私たち母娘を馬鹿にしてるんでしょう……っ！」

こうやって理不尽な怒りを向けられるのは、これまでもよくあることだった。二人がかりで来られると厄介《やっかい》だが、相手が一人だと割と平気だ。

（さて、どうしたら納得するのかしら）

激昂する伯母様にどう対応しようかと思案していると、再び食堂の扉が勢いよく開いた。

張り詰めるような緊張感に包まれていた私たちは、一斉に扉の方を見た。

入ってきた少女はいつものふりふりピンクなものと違って、やけにシンプルなワンピースを身に纏《まと》っている。

（……ペスカ）

ふわふわの淡い茶髪を揺らすのは、紛れもなくペスカだった。俯《うつむ》き加減で表情がよくわからないが、間違いない。

「ああペスカ！　昨日は倒れたと聞いたけれど、もう大丈夫なの？　きっとこのメーラにひど

いことを言われたのね。貴女のお姉様は横暴なのよ。婚約者を奪われたからといって、こんな非道な手段に出るなんて。女の嫉妬《しっと》は醜《みにく》いわね」

味方が増えたことが嬉しいのか、伯母様は嬉々としてペスカに近づくと、彼女が俯いたままにもかかわらず、早口でそう捲し立てた。

婚約者を奪うなどと言っている時点で、そっちの方が非道な気もするが、そんな常識的な話をしたところで、彼女たちは意に介さないだろう。これまでもそうだったように。

お父様とメローネ伯母様とペスカと私。私たちは四人はいつも歪《いびつ》で、家族と呼べるほどの繋がりなどなかった。

「お嬢様、ここは俺たちが」

隣で控えていたリーベスから声がかかる。

顔を上げると、リーベスの向こう側では、爺やと他の使用人たちも一様にいい笑顔を浮かべている。

「ありがとう。でも、大丈夫」

私も、この歪な家族に向き合わなければ。

そう思って顔を上げると、メローネ伯母様はちょうどペスカに何やら話しているところだった。

「ほら、あなたも人の心のないこの極悪非道の義姉に何か言っておやり！　……どうしたの、ペスカ？　きゃっ!!」

それは、初めて見る光景だった。

いつも伯母様の言いなりだったペスカが、自分の名を呼ぶメローネ伯母様の手を煩《わずら》わしそうに払ったのだ。

そしてそのまま、彼女は顔を上げてゆっくりと私に近づいてきた。

異変を察知して私の半歩前に出たリーベスの背中越しに見える彼女の表情は、どこか凛々《りり》しくて。やはりいつもとは違って見える。

誰もが彼女の様子に困惑している中で、ペスカは私の——正確には私を庇《かば》うように前に立ったリーベスの正面で止まり、真っ直ぐに前を見据えた。

「お義姉様」

凛《りん》とした桃色の瞳は、しっかりと私を捉えている。

何を言うつもりなのか、と、私たちが身構えた瞬間。

「ほんっっっとうに、申し訳ありませぇえええぇぇん!!」

がばりと床に額をつけるようにうずくまったペスカは、これまで聞いたことがないような大きな声をあげた。

「「え……？」」

目の前に広がる予想外の光景に、私を含め、この場にいた者たちは皆固まってしまった。

これまで彼女の口から謝罪めいた言葉を聞いたことがないのももちろんだし、彼女が自ら地べたにひれ伏すなんてことが現実として受け止められないのだ。

（――何かしら、この体勢。極限まで頭を下げているということ……なの）

これまで見たことのない姿で拝むように頭を下げるペスカを、私は不思議な気持ちで見下ろす。

「ペ、ペスカ！　何をしているの！　そんな格好、淑女がはしたないわ！」

唯一、素早く復活したメローネ伯母様がペスカに駆け寄り、彼女を立ち上がらせようと手を引く。

私もリーベスや爺やの顔色を窺《うかが》ったが、皆どうしたらいいのかわからないようで、困惑の表情を浮かべたままだ。

ペスカは腕を引くメローネ伯母様を、射るような鋭い視線で睨《にら》みつけた。

「……はしたないのは、お母様とわたしです！　人の婚約者を奪《と》るだなんて」

そう声を張り上げたのは、ペスカだった。何が起きているのか、全くわからない。

「それに、記憶によれば、わたしたちはこれまでもお義姉様の優しさに甘えてやりたい放題だったではありませんか！　……朝起きた時は美少女転生に浮かれてたのに、思い出すことが嫌な感じばっかりで、こっちも正直引いてんですよ！」

「ペスカ……？」

上体だけを起こした体勢でメローネ伯母様を見据えたペスカは、語尾荒く言葉を紡《つむ》いでいく。聞いたことのない口調だ。

『てんせい』や『ひいてる』とはどういう意味なのだろう。

完全にいつものペスカとは違う様子に驚いていると、彼女は床に座ったまま私を見上げた。

「お義姉様。今更だとは思いますが、これまでにわたしが奪っ……いただいた装飾品やドレスは全てお返しします。それに、ウーヴァ様のことだって……」

「あ、待って、ペスカ。ウーヴァの件は気にしないでいいわ」

言い募るペスカに、私は慌てて返事をする。

急いだせいで、食い気味になってしまった。

「えっ、でも、彼はずっとお義姉様の婚約者で、わたしの我儘で……」

「昨日の手続きで正式に婚約は解消されたし、今はあなたが彼の正式な婚約者よ。もう取り消せないわ。同じ人ともう一度婚約するなんて、ありえないもの」

「そんな……！」

そう告げると、先ほどまで威勢の良かったペスカは、わかりやすく青褪《あおざ》めた。

がっくりと項垂《うなだ》れた彼女は、呪文のような言葉を床に向かってぶつぶつと呟《つぶや》いている。

「えっウソ、終わった……第二の人生がお世話になってる人の婚約者寝取りスタートとか、詰んでる……そもそもわたしたちって平民暮らしをしていたところを叔父さんに拾っていただいたんじゃなかった……？　いや、なんなのこの感じ……転生って、もっとこうキャッキャウフフなチート展開じゃないの」

繰り出されるのは呪文のような言葉だらけで、彼女の言うことは三割も理解できなかったように思う。

「ねぇリーベス、『ねとり』ってなあに？」

かろうじて聞き取れた単語を隣のリーベスに聞いてみると、彼は眉を寄せたかと思うと、あからさまに目を逸らした。

「……お忘れください。お嬢様は知らなくてもいい言葉ですので」

「では、爺や？」

「おや、私は最近耳が遠くて。なんでしたかのお」

リーベスがその調子だから私は爺やに矛先《ほこさき》を向けてみたのだが、それもあっさりとかわされてしまった。

ネトリ……どうやら誰も教えてくれない気らしい。

現に、私と目が合った使用人たちはわかりやすく目を逸らして、中には口笛を吹いたりしている者もいる。とっても下手だけど。

（——それにしても、ペスカの言動がおかしすぎるわ）

これまでこの子とこんな風に会話を交わしたことがあっただろうか。まあ、今もまともとは言えないけれど、きちんと受け答えをしていることが珍しい。

この家に招いた時には既に、私に対して敵意を剥き出しにしていたのに。目の前にいる少女は、いたって素直だ。

ちらりとメローネ伯母様に視線を送ると、彼女は彼女で、娘の豹変ぶりに驚きを隠せないようで、目を白黒させていた。というか、ほぼ白目である。

「ペスカ」

私が彼女の名を呼ぶと、泣き出しそうな大きな瞳が私を見上げる。桃色の瞳を震わせるその姿は、小動物のように可愛らしい。

「どうしたの？　あなた、昨日までと随分様子が違うけれど。何かあったの？」

制止するリーベスに目で合図を送り、私は一歩前に出る。

このペスカからは危険が感じられないのだ。それはリーベスも同じだったらしく、黙って私を見守ってくれている。

私の問いかけに、彼女の瞳がふるりと揺れたかと思うと、彼女は急に立ち上がって、私に突進して抱きついてきた。

「うわぁぁん、お義姉様ぁぁぁ！　こんなやらかしちゃってるわたしの心配までしてくれるなんて優しすぎますぅぅ!!」

「あ、あの、ペスカ？」

「わたし、その日は季節限定の安納芋のパフェが食べたくて急いでたんです。そしたら猛スピードのトラックが交差点に突っ込んできてぇ。そのあと目覚めたら、ここにいたんですよぉお!!　パフェ食べながら読もうと思って買ったラノベも手元にないし、記憶を辿《たど》ったら、悪い思い出ばっかでぇえっ。ずっと発売日を待ってたのに、どうせなら、読んでからがよかったああー！」

思いの丈《たけ》を吐き出しながら泣き叫ぶペスカらしき少女の言葉は、訳のわからない話ばかりだ。だけどこうしてぎゅうと抱きつかれていると、何故だか頼りにされている気がして、心がじんわりと温かくなってくる。

「ぱふぇ、とか、らのべ、とかはよくわからないけれど……貴女も大変だったのね？」

私の胸元でえぐえぐと泣いているペスカっぽい少女の頭を撫《な》でながらそう言うと、彼女は瞳にいっぱい涙を溜めたまま私を見上げた。

「ううっ、こんなに優しいお義姉様に、ペスカはこれまで何てことを……っ。ラノベだったら、姉の婚約者を寝取る系妹なんて、ざまあされて然《しか》るべきなんですよ！　本当にいくら謝っても謝りきれません……！」

「貴女は、ペスカではないのね？」

明らかにこれまでのペスカとは違う人格だ。

気付けば私は、ぐずぐずと泣きじゃくる彼女に自然とそう問いかけていた。

「……そうっ、ですね。わたしはペスカでもあるんですが……前は、桃子と呼ばれていました」

「そう……貴女はモモコというのね。不思議な響きだわ。リーベス。ペス……いいえ、モモコを落ち着かせたいわ。温かい飲み物と……何かお菓子を用意してくれる？」

とりあえず彼女を落ち着かせるのが先決だと思った私は、隣で固まっているリーベスにそう声をかけた。

ペスカとモモコ。彼女の中には二つの人格が存在している。それがどういう仕組みなのかは全くわからないけれど。

これまでのことを覚えているということは、彼女の中にはペスカとしての記憶もきちんとある。それに加えて、私の知らない単語を連発するモモコという存在も、彼女の中に確かにあるのだ。不思議なことに。

「わかりました。すぐにご用意します。メローネ様も別邸に戻っていただきますね」

「ええ、お願い」

リーベスの言葉に私が頷くと、それを合図にリーベスや使用人たちは、各々が俊敏な動きで去っていく。

機能停止していたメローネ伯母様は、爺やの指示のもと、屈強なメイドによって回収されていった。

私はペスカ――今はモモコだという少女の背中をぽんぽんとさすりながら、彼女の口から紡がれる知らない世界の話に耳を傾けることにした。


部屋には私とモモコ、それからリーベスが残った。

椅子に座った彼女はそれから、勢いよくいろいろな話を目まぐるしく話し続け、リーベスが差し出した紅茶を一気に飲んだら、糸が切れた人形のようにテーブルに倒れ込んでしまった。

「……眠ってしまわれましたね」

リーベスが呆れたように言う。

「ええ。疲れているのでしょう」

私も目の前でテーブルに突っ伏している義妹だった少女を見て、ふうとため息をついた。

倒れた時は突然のことに驚いてしまったが、すやすやとした寝息が聞こえてきたから、ホッと胸を撫で下ろす。

「プルーニャは戻っているかしら。ペスカを客室に運んでもらいましょう」

「はい、そうしましょう」

リーベスは部屋の外に控えているメイドに声をかけにゆく。

彼女の住まいである別邸に、とも思ったけれど、今彼女は非常に混乱しているようなので、伯母様と共にいるのは良くないだろうと判断した。

ちなみにプルーニャというのは、メローネ伯母様を横抱きにして別邸まで運んでいった屈強なメイドだ。彼女ならばペスカを易々《やすやす》と運んでくれるだろう。

「お待たせしました。メーラ様」

「プルーニャ。お願いがあるのだけれど、ペスカを運んでくれないかしら。整えている客室があったでしょう。そこにお願いするわ」

「承知いたしました」

すぐに部屋に来たプルーニャは、ペスカを赤子のように抱き上げると、颯爽《さっそう》と部屋から出ていった。

やはり彼女に頼んで正解だった。とっても素早い。

ペスカたちが去ってしまうと、ティーセットが並べられているこの空間にいるのは私とリーベスだけになった。

片付けを始めそうになった彼にもう少し話がしたいと我儘を言って、私はリーベスを隣の席に座らせることにした。

最初は断ろうとしていたリーベスだけれど、最後は折れてくれた。

「……ねえリーベス。ペスカが……モモコが言っていたこと、どう思った？」

彼女の話はあまりに突飛で、私が理解できたのは一割にも満たなかったかもしれない。

彼女自身もとても混乱していて、涙ぐんだり言葉に詰まったりと忙《せわ》しなかった。

「俺は信用していません。お嬢様に許してもらうための演技の可能性もあります。今までのペスカ様の行動を思えば、信頼度は低いかと」

私のティーカップに新しい紅茶を注ぎながら、リーベスは綺麗な赤い瞳を剣呑に細める。

そう言われれば、そうなのだけれど。いまいち腑《ふ》に落ちないのだ。

これまでのペスカと、どうしても一つに繋がらない。

「ぱふぇ、という食べ物を、リーベスは知っている？」

「……いえ、存じません」

「他にもいろいろと言っていたわね。ラノベにネトリに、スマホ……だったかしら。トラックという乗り物はどんなものなのかしら。あとは、デンシャ。みんなでそれに乗り込んで遊びに行ったり仕事に行くって言っていたわ。ぎゅうぎゅうで苦しい時もあるって。それって、馬車とは違うのよね」

彼女の口から紡がれたのは、聞いたこともないような食べ物、乗り物。異なる文明、違う国の、お伽話《とぎばなし》のようなことばかりだ。

「モモコが暮らしていたニホンには、魔法がないんですって。でも、とても便利だと言っていたわ。デンキやワイファイがあるから、って。どんな仕組みなのかしら」

「……」

私が話すことを、リーベスは静かに聞いている。

この国では、魔力が全てだ。そして、その魔力を扱えるのは貴族に限られている。

貴族が多く住む王都は魔力や魔道具に満ちていて、それなりに便利な暮らしができるが、その半面、魔力の供給がない田舎では、まだまだ不便な生活を強いられている。

便利な生活を享受していたという彼女は、てっきりそのニホンという国家の王族なのかと思ったけれど、ただの平民だと言っていた。

そもそも貴族のような身分制度なんて、ニホンではとっくの昔に廃止されている、とも。平民でも便利に暮らせる世界――それは、どんな世界なのだろう。

ペスカがこれまでのことを言い逃れるために思いつきで話したにしては、あまりにもこの世界とは現実離れしていて――それでいて、どこか真実味があった。

「……お嬢様がその話を信じるのなら、俺も信じます」

「リーベス……」

モモコが話した世界の話に私が思いを馳《は》せていると、仕方がないとでも言いたげに、リーベスは表情を崩した。

とても綺麗な笑顔だ。

「お嬢様はもう、その世界を信じているのでしょう？」

彼の問いかけに、私はコクリと頷いた。

「だって、あの話が全て空想だとしても、とても楽しそうな話じゃない？　研究のしがいがあると思うの。アンノウイモ、というのは、とても甘くて美味しい甘藷《かんしょ》なのですって。私もあの子が言っていた『ぱふぇ』という食べ物を作って、リーベスと食べたいわ」

「俺と……ですか？」

「ええ！　だってリーベスは、昔から甘藷が好きでしょう。リーベスが我が家に来る前に、うちに迷い込んだ黒い仔犬《こいぬ》も甘藷が好きだったから、タイミングが似ていてよく覚えているの」

「……っ」

私がにっこりと微笑むと、リーベスは短く唸《うな》って、さっと顔を背けてしまった。

心なしか、耳の先が赤い気がする。

幼い日のその仔犬は、三日もするといつの間にかいなくなってしまって悲しい思いもしたけれど、爺やからきっと親元に帰ったのだと諭《さと》されて安堵もした。そんな思い出まで鮮明に思い出してしまった。

ふと気付けば、私の侍従はとても神妙な顔をして私を見つめている。

「どうしたの？　リーベス。おいもが好きでも恥ずかしくないと思うわ。ほくほくで美味しいもの」

「いや……違……」

「だから私、モモコからもっといろいろと話を聞こうと思うの。なんだかいろいろなイメージが湧いてきて、今なら何でも作れそうだわ！」

モモコの話はとても刺激的だった。今すぐ工房にこもりたいくらい。

――だけど、楽しいことに取り掛かる前に、私たちにはあと一つ問題が残っていることもわかっている。

こほん、と咳《せき》払いをしたリーベスは、表情をいつもの凛としたものに戻すと、口を開いた。

「ペスカ様が今後もあの状態だとすると……ウーヴァ様との婚約の件はどうなるのでしょう？」

「……それなのよね」

ほんとに、それ。鮮烈な婚約解消から、まだ一夜しか経っていない。だというのに、私たち――特にペスカを取り巻く状況は大きく変わってしまった。

私は全く別人格になってしまった義妹に思いを馳せつつ、最後に紅茶を一口飲んで喉を潤《うるお》した。

◆◆◆

桜井桃子はどこにでもいるハタチの大学生だった。

都会すぎず田舎すぎない都市に地方から出てきて、一人暮らしをしている。

毎日自分が選んだ講義を受けて、たまに寝てしまったり、課題のレポートを提出したり。

そして夜は、学費と、とある趣味のためにアルバイトに励んでいた。

「よーし、今日はパァッと使うぞぉ！」

休日になり、桃子は身支度を済ませてリュックを背負った。

大学もアルバイトも休み。今日は一日自分の好きなことができる。

「ふ、ふふ……特典SSペーパー、絶対に全種類制覇してみせるっ!!」

彼女が狙うのは、行きつけの書店に入荷する、部数限定の特典付きライトノベルだ。

各書店でいくつか異なる内容のショートストーリーが読めるため、推し作家さんを応援するためにも、絶対に全部制覇したい。

もしかしたら他にも、好みのライトノベルがあるかもしれない。タイトルや表紙、それから帯のあらすじを読んで選んだ本が、自分にジャストフィットした時の快感といったらない。

「それに、今日から始まる安納芋のパフェも絶対に食べたいし、他にもいろいろチェックしたいなぁ」

桃子は足取り軽やかに家を出て、今日という日に胸を躍らせる。

大好きな本が入手できて、大好きなスイーツが食べられて。それに今日は夜更かしもしていいし、何をしてもいいのだ。

秋の爽《さわ》やかな風が、桃子の頬を撫でる。

「今日はなんだか、とってもいい一日になりそう！」

水のように澄み切った高く青い空に、綿のような薄い雲がかかっている。

まさに秋晴れの今日に、桃子はそんな予感がした。

そしてその後、望みどおりたくさんの本を購入した桃子だったが、安納芋のパフェを食べることは叶《かな》わなかった。

カフェを目指して歩いているところで、信号無視の車が横断歩道に飛び込んできたのだ。

(あれ……なんだろ……身体が動かない……)

強い衝撃を受けて倒れた桃子は、急なことに頭が追いつかない。

(ちょっと寝たら……ラノベ読も……)

周囲が騒がしい気がするが、その全てが煩わしく思えて、桃子はそっと目を閉じた。


それは、長いようにも一瞬にも感じる眠りだった。

桃子がゆっくりと目を覚ますと、見慣れない天井が目に飛び込んできた。

精巧な模様の入った、とても綺麗な壁紙だ。こんな部屋、漫画でしか見たことがない。

(あれ……うちってこんなにメルヘンチックだったっけ……というか、いま何時かな？　ちょっと、えーと、スマホスマホ)

覚醒しきれない頭で、ぼおっとしながら、桃子は枕の下に手を伸ばす。

いつも寝る時は、スマートフォンを枕の下に置いていた。だからその習慣でゴソゴソと探してみる。

（あれ……ない……？）

どれだけ手を動かしても、一向にスマホは出てこない。昨夜はどうしていただろうか。

「えっと、昨日は確か……ううっ……！」

スマホを探す手がかりになればと昨日のことを思い出しそうとした時、桃子の頭にずきりと鈍い痛みが走った。

割れるような激しい痛みに桃子は思わず両手で頭を押さえて、ベッドの上で芋虫《いもむし》のように丸くなる。

――どのくらいそうしていただろうか。

少し痛みが落ち着いた時に恐る恐る目を開けると、さらりとした髪の感触が指の間を流れていった。

その色は、淡い茶色だ。

（えっ……何この髪色。わたし、黒髪だったよね……？）

一晩で髪の色が変わってしまったというのだろうか。いやそんな馬鹿な。寝ぼけて髪を染めたなんてこと、あるはずもない。

桃子はひどく混乱しながらのそりと立ち上がり、やけにメルヘンな部屋をぐるりと一周見渡した。

まだ夢の中なのだろうか、この空間は。何の手がかりも得られない。

「あ、鏡がある……！」

そんな時に見つけたのは、部屋の中央にある姿見だ。

桃子はそれにそっと近づいて——

「ひえっ、だ、誰⁉」

そこに映る知らない少女の姿に、思わず大きな声をあげた。

「これ……なに。まさか、わたしなの……？」

ぺたりと鏡に手をつけば、鏡の中に映る美少女も桃子の方を見て、目を丸くして驚いている。

その様子を呆然《ぼうぜん》と眺めていると、桃子は再び立っていられないほどの激しい頭痛に襲われた。

するとどうだろう。鏡の美少女も、顔を青くして倒れそうになった後、床に這《は》いつくばった。

桃子はよろよろと床を這うように進み、またベッドに戻る。

「……異世界転生って本当にあるんだ……？」

ふかふかのベッドに身を沈めた桃子は、思わずそう呟いていた。

頭が痛すぎて目も開けられず、ぐるぐると思案する。

以前の生活では考えられないような、お姫様のようなベッド。部屋も広く、それまでの自分にとっては快適なお城だったワンルームとは格別に違う。

「……何コレ。ほんとに意味わかんないんだけど」

桃子はうっすらと目を開けた。あまりにも異常事態すぎて、じわりと涙も浮かんでくる。

割れるような頭痛が唐突に治まると、いろいろな情報が彼女の脳内に一気に溢《あふ》れた。

まるで映画を早回しで観たような感覚だ。気持ち悪くなって、桃子は眉間《みけん》に力をぐっとこめて、きつく瞼を閉じた。

異世界転生。

それは桃子にとって非常に馴染みのある言葉だった。

ラノベやファンタジーの世界観が大好きで、特に主人公が転生者であるような小説や漫画は好んで購入していた。

前世が日本人である主人公が、その知識を持ったまま異世界に生まれ変わり、その溢れる知識と能力を武器に逞《たくま》しく生きてゆく――そんな話が大好きだったのだ。

だがその場合、大抵の主人公は、悪役令嬢になってシナリオを改変して逆ハーレム状態になったりだとか、パーティーから追放されたけど後々チートが発覚して無双するとか、最終的に幸せになっていたと思う。

「ううっ……ペスカ……何やっちゃってくれてんの……」

だが、現在の桃子の状況は一味違う。

状況からして、パフェを食べに行く途中で事故に遭《あ》ったのだろう。前世の自分のことを、そこまでは思い出せた。

だが、先ほど桃子の脳内に一気に流れ込んできたのは、何も前世の記憶だけではない。これまでの自分自身――このペスカ・ベラルディという十六歳の少女のことだ。

「思いっきり姉のものを奪う系の妹じゃん……知ってる、そういうの……」

桃子の嘆きは、柔らかなシーツに吸い込まれていく。

芋づる式に思い出したペスカの記憶では、義姉にドレスや宝石が贈られる度に、母と共にゴネてゴネて、それを奪う――といった行為が日常茶飯事だった。

それは亡き父から彼女への誕生日プレゼントだとか、家を出て行った母親の思い出の品だとかだが、そんなことはお構いなしだった。

それに、だ。

（それで最後には婚約者までって。どんな義妹なの、ほんとに……）

こともあろうに、桃子は『義姉の婚約者を誘惑し、二人の婚約を解消させた義妹』として転生を果たしてしまったようだった。

読んでいた小説では、ひどい未来を変えるために、幼少の頃から努力する展開が多かった。

だけど今、それを成すべき時期はとうに終わっている。

「ちょっと待って、理解が追いつかないよう」

足をバタバタさせながら、桃子は必死に頭の中の記憶を辿った。

義姉の名前はメーラ。あとからこの家に入ったペスカにも優しく——どちらかといえば無関心だったような気もしなくはないけど——意地悪さは皆無だった。

苦手な社交の場はとことん避けているようだったけれど、ベラルディ家の名と義姉の才能のすごさはどこに行っても噂の的だった。

そしてそれを、青筋をピクピクさせながら無理やり微笑む母メローネと共に、ペスカも居心地悪く聞いていた。そんなお茶会での記憶がある。

同じくベラルディ家の血を引いているはずなのに、メーラとペスカでは、その与えられた才能も置かれた立場もまるで違った。

放蕩《ほうとう》の末に廃嫡《はいちゃく》となった父。伯爵家の長男に嫁いだはずが、全ての計画が頓挫《とんざ》してしまった母。そして、父の死後は叔父に拾われ、そのことによって母からの期待を一身に背負うことになってしまったペスカ。

（うっ、ちょっと……情報量が多いよお）

モモコの中に、ペスカの抱えていたものが全て流れ込んでくる。

美しく着飾ったその腹の中で、いつもどこか鬱屈《うっくつ》とした気持ちを抱え、それをメーラに当たることで昇華させようとしていた節《ふし》がある。

だって義姉は、なんでも持っているのに、何も欲しがらない。

それが悔しくてたまらなくて、奪いたかったのだ。彼女を困らせたかった。

それで最終的に、義姉の婚約者であるはずのウーヴァとペスカは恋仲になってしまっていたらしい。

(落ち着けわたし……ええっと、昨日わたしたちはお義姉様にそのことを告げて、婚約解消を迫ったのよね)

昨日、メーラと婚約者のウーヴァと三人で話をした。

婚約者を奪ったら、義姉はどんな顔をするのだろう。そう期待を込めて。

そうしたら、義姉は動揺もせずに部屋を出て行った。それを驚きの感情で見送ったところははっきりとペスカの記憶にある。

悔しいという負の感情が、勝手に湧いてくる。

(それから、どうしたんだっけ。お義姉様が部屋を出た後、何か話したような)

部屋に残ったままウーヴァと何かを話して——よく覚えてはいないが、その内容にペスカはひどく怒って、そのまま卒倒したような気がする。

――そこからのペスカの記憶が、ない。

「うえっ……なんなのぉ、このタイミング……今更謝ってても許してもらえるレベルじゃないよぉ～～」

桃子はめそめそしながら、枕にさらに顔を埋めた。すでにしっとりと濡れているそれは、もはや心地よさの欠片《かけら》もない。

異世界で、とんでもないスタートラインに強制的に立たされている。逆境にもほどがある。

「それに、安納芋のパフェ……」

直前までの桃子の願いはそのパフェ一択だった。だからなのか未練ありありで、思い出すとますます食べたくなってしまう。

角切りのお芋のパウンドケーキ、生クリーム。それからお芋の餡《あん》と、ソフトクリーム、甘い焼き芋。

それらが層になったパフェ。食べたら口中に秋の味が広がったことだろう。

(他の季節のパフェも食べたかった……っ)

暫くそのままの格好で突っ伏していた桃子は、ジタバタするのをぴたりとやめた。

(……いつまでもこうしてたって、仕方ないよね)

ひとつため息をついたあと、心を決めてのそのそと起き上がる。

くしゃくしゃになったワンピースはそのままにベッドから降り、クローゼットらしきところを開ける。

すると、フリフリらぶりーな桃色の服が大量に出てきた。ペスカはごちゃごちゃしたものが大好きだったようだ。

桃子は半目になりながら諦めの境地でそこを漁《あさ》ると、唯一端っこの方にシンプルなワンピースがあった。

義姉から〝もらった〟けれど、趣味じゃないからと一度も袖を通していなかったものだ。

「いやほんと……申し訳ない……」

他に着られる服がないため、桃子はそれを急いで着込む。

ここは別邸だ。義姉のメーラがいるのは本邸。母の気配はないようだから、きっといつもどおり彼女もそっちにいるのだろう。

桃子は必死にペスカの淡い記憶を辿る。そして本邸へと急いだのだった。

第三章　義妹と魔道具開発

騒動の翌日。

私は屋敷の離れにある魔道具工房に、寝ぼけ眼《まなこ》のペスカ改めモモコを連れてきていた。彼女の溢れる謎の知識を教えてもらうためだ。

一晩経って、昨日あんなにも様子がおかしかったペスカがどういう状態か確認する意図もあったけれど「お義姉様、早起きですねぇ～」と目を擦《こす》る少女は、どうやら『モモコ』の方だった。

「わあ、ここが工房なんですねぇ！　いろいろな物がある～」

きょろきょろとあたりを見回しながら、モモコは物珍しそうに目を輝かせている。

「お義姉様、ここでいろんなものを作られているんですね！　わたし、ずっとここに入ってみたかったんです」

「ずっと？」

モモコの言葉に引っかかりを感じた私は、気付けばそう問いかけていた。

「あっ……確かに、わたしが言うのは変ですね？　でも、なんだか自然にそう思いました。これって元のペスカの気持ちなのかもしれません〜！」

「そう、なの？」

モモコが慌てたように紡ぐ言葉を、私は新鮮な驚きと共に受け止めていた。

（ペスカがこの場所に来たかったなんて知らなかったわ。ここに来る私を、伯母様といつも見下したように笑っていたのに）

幼い頃、彼女と仲良くなりたかった私は、工房に誘ったことがある。でも、キッパリと断られたはずだ。

だからこの工房にペスカも伯母様も立ち入ったことは一度もなかった。

お祖父様が亡くなってからはずっと私専用の工房で、お父様のものは屋敷の書斎にある。

一年のほとんどを書斎で過ごすお父様と、屋敷で顔を合わせるのは私でさえ稀《まれ》だった。だからいつからか、私も自分用のこの工房で一日の大半を過ごしていたのだ。

父娘の会話なんて、数えるほどしかない。亡くなる数日前に、この家の爵位について話したのが最期だった。

「お義姉様っ、ここでわたしは何をしたらいいんですか？」

モモコの明るい声に、私はハッと我に返った。今は魔道具開発が先だった。

どこか沼の中に引き摺り込まれるような思考の渦から、私は急いで気持ちを切り替える。

「昨日、貴女がいろいろと話してくれたでしょう。ええと、ニホンと言う国での暮らしについて。面白そうだから、私もそれを活かしたいと思ったの」

モモコが語った知らない世界。知らない食べ物に乗り物、そして文化。それらは私の創作意欲をひどく刺激した。

「とりあえず、貴女が食べたいと言っていた『ぱふぇ』を作ってみたくて。それに必要な道具があれば、なんでも作るわ」

「パフェですね！　まさか道具作りからやるとは思っていませんでした。ええっと、紙とペンをお借りしてもいいですか？」

「もちろんよ」

先ほどまで少し眠そうだったモモコは、私が羽ペンと紙を渡すと、真剣な表情をして机に向かった。スラスラとペンが進み、見たことのない道具が描き上げられてゆく。

驚いたことに、モモコはとても絵がうまい。

「お義姉様、できました！　まずはこれ、『ハンドミキサー』です」

モモコが描いたものは、三つの金属の輪を重ねたような不思議な楕円形が二つと、それから延びた棒を接続する持ち手のついた部分に分かれている。

「このハンドミキサーというのは、どんな風に使うのかしら？」

「こう……手で使う泡立て器があるじゃないですか。カシャカシャってやるやつ。アレを電気で自動でぐるぐる回るような仕組みになっていて、時短なんですよ」

モモコは右手で空を握って、かき混ぜるような仕草を見せる。添えられた左手は、器《うつわ》を現しているのだろう。

「ふわふわのホイップクリームがすぐに作れるので、パフェ作りには重要です！」

「まあ、そうなの。あれってとても美味しいわよね」

「はい！」

ホイップクリームなら私も知っている。たまにリーベスがパンケーキの上に添えてくれる、あの甘くて口の中で溶ける食べ物のことだ。

今は所用でリーベスは工房にいないけれど、戻ってきたらそのあたりの工程についても詳しく聞いておく必要があるだろう。

普段は厨房に入ることがない私にとっては、感心するばかりだ。

(泡立て器の機能を増幅したもの……と)

そうしっかりと書き留めて、今度は構造を考える。

「この部分は……どういう素材なの？」

私は絵の中の珍妙な道具を指差しながら、そう尋ねた。

「ええっとですね〜、この羽の部分は多分……鉄？　いや……アルミ？　詳しくないですけど、なんかの金属です。持ち手のところはプラスチックで」

　私の問いかけに、彼女なりに懸命に答えてくれる。

「プラスチック……とはどういう素材？」

「えっ！　あの、なんだろう、軽くて熱に弱くて……。すいません、よく考えたことがないので、なんと説明したらいいかわかりません〜！」

「なるほど……そういう特性があるのね」

　彼女から聞き取った内容を、私はスラスラと別のノートに書き留める。知らない素材ばかりだが、この工房にあるものでなんとか代用したい。

　手で混ぜるものを、モモコの世界では電力を用いて自動で高速回転するような仕組みになっているということのようだ。

　私は暫くその説明図と睨み合い、そしてゆっくりと顔を上げた。

「……なるほど。この持ち手のある部分が動力装置で、そこから送られた力によってこの先端の金属の部分を回すのね。回転部分が二つあるとすると、それぞれが干渉してゼンマイのように回転するのかしら」

　頭の中で、この絵が立体になっているところをイメージする。くるくると回る泡立て器、それを手軽に使うことができるシンプルな造形。

「……だとすると、この先端の部分は液体に触れても劣化しにくいようにした方がいいわね。それでいて、回転に耐えうる強度も必要だわ。本体に使われているプラスチックという素材は何のことかわからないけれど、この部分は軽くて耐久性のあるものがいいでしょう」

モモコが書いた絵を眺めながら、私は思いつくままに言葉を紡ぐ。

そうやって手を動かしながら、頭の中では水に強く劣化しにくい金属について考えている。

昔、お父様の書斎に入った時、たくさんの素材が保管してあった。もしかしたら、その中に錆《さ》びにくい金属も見つかるかもしれない。

（あとで書斎を覗《のぞ》いてみよう）

私はそう心に決めた。

「あっ、でも……この世界に電気はないんですよね。コンセントも見当たらないですし。どうやって動かすんですか？」

真剣なモモコの問いかけに、私は首を傾《かし》げる。

「魔石や魔法があれば、我が家の暮らしに関しては大体のものはなんとかなるわ。部屋にも魔石ランプがあったでしょう？　私の記憶では、ペスカも多少は魔法を扱えたはずだけど」

「ひえっ、わたしも魔法使い……!?　一気にファンタジーです！」

自分の両手を感慨深く見つめるモモコは、どうやらペスカ時代に使っていた魔法の記憶はないらしい。

開発のために毎日のように魔法の付与や魔石の加工をしていた私と違って、彼女はそこまで魔法を使う必要性がなかったのかもしれない。

それでも、彼女やメローネ伯母様が別邸で道具を使えずに困っているという話を聞いたことはないから、きっと彼女たちも使えるものだと勝手にそう思っていた。

「あの……お義姉様、ちなみに魔法ってどうやって使うんですか？　恥ずかしい呪文を唱える系ですか？」

何やらモモコは照れ臭そうで、「厨二病的な……？」とよくわからないことを言う。

「時と場合によるけれど、通常は特に呪文は必要ないわ……でも、全く記憶がないのなら、危ないから無理に使わない方がいいかもしれない。うちにある魔石のアクセサリーを身につければ、魔力がなくても便利に過ごせるから大丈夫よ。そのうち、先生を呼ぶわ」

「……やっぱり天使ですね、お義姉様。大天使……！」

魔法を使えればそれだけで魔道具は反応するのだが、魔力がない人も扱えるように、魔石がある。

大抵はブレスレットやネックレス、ピアスや指輪など、身につけやすい装飾品に加工されている。まあそれも一般的には高価だから、広く全国民にというのはまだ遠い目標だ。

何やらうるうるとしているモモコをよそに、私はさらにペンを走らせる。

稼働性、防水性、必要な素材、必要な魔石。どんどんイメージが湧いてきて、手が止まらない。

そんなに難しくなさそうだから、合金さえ手に入れば、工房にある材料でなんとかなりそうだ。

「ここはこういう加工にして、持ち手はしっかりと握りやすい形状がいいわよね」

「すごいですねえ、お義姉様……」

感嘆の声をあげるモモコに見守られながら設計図が完成し、早速作業に取り組もうとした矢先、来客を知らせる工房のベルが鳴った。

(……この音は、リーベスね)

来訪者を予想できた私は、作業の手を止める。どうぞ、と声をかけると扉はひとりでに開いた。

「お嬢様！　……と、ペスカ様もいらしたんですね。昨日の件で、ご報告がございます」

やはり工房の扉を叩いたのはリーベスで、少し息が切れている。

「わかったわ。作業は一度中断しましょう」

リーベスが言う『昨日の件』とは、ウーヴァの件である。

食堂で伯母様とやり合ったあの後、ウーヴァの生家であるケルビーニ伯爵家の状況について調べてほしいと、爺やとリーベスに依頼していたのだ。

どんな報告なのだろうと思いながら、私は彼の話に耳を傾けた。

「実は……ケルビーニ伯爵家を調べた結果、ウーヴァ様はあの日から家には戻っていないようです」

リーベスはモモコの様子を気にしながら、そう報告してくれた。

「〝探さないでください〟との直筆の手紙が届いていたらしく、今後も伯爵家に戻る可能性は低そうです。その後の足取りも掴めていないとのことです」

「まあ、そうなの……！」

リーベスの報告に、驚きを隠せない。

私はあの日、眠すぎてウーヴァのことをよく見ていなかったけれど、ペスカと並んで愛を語る彼は、確かに幸せそうに見えた。

あの後、彼に何があったのだろう。

私との婚約解消で発生する事柄は、彼なら全て把握していたはずだ。この家に婿に来なければ、貴族と再び縁を結ぶ以外はその身分を失うことになる理屈だって、知っていたと思う。

（だからこの結果が、私との婚約解消にあるというのは考えにくいわ）

同じことを考えていたのか、自然と私とリーベスの視線は、口をあんぐりと開けたまま固まっているモモコへと向けられた。

あの日、最後にウーヴァと話を交わしたのは、爺やを除けばここにいるモモコだったからだ。

いや、厳密に言えば、その時はペスカになるのだろうか。実にややこしい。

「……モモコ。あなた、ウーヴァのことは覚えてるの？」

私が問うと、モモコはこくりと頷いた。

「あっ、はい。ペスカの恋人？　ですよね。あのイケメンの」

「いけめん……？」

「とってもかっこいいってことです。記憶ではめちゃくちゃ美男子ですもんね。なんかこう、キラキラ～って星が飛んでる感じの」

頬に手を当てて、思い出すような仕草を見せたモモコは、ウーヴァのことは覚えているらしい。

「……モモコ様。最後にウーヴァ様と交わした会話を覚えていますか？」

リーベスが、穏やかに問いかける。

彼もここにいる元ペスカのことを『モモコ』と呼ぶことにしたらしい。

「実は、その辺の記憶が曖昧《あいまい》なんですよね～」

首を捻《ひね》りながら、モモコは申し訳なさそうな顔をした。

「フィルターがかかっているというか何というか。映像がぶつ切りで。お義姉様が部屋を出て行くところは覚えているんですが……どうやらその後ペスカは、その人と話した後に倒れちゃったみたいで」

どうやら彼女は記憶が混濁《こんだく》しているようだ。肩をすくめる様子からは、本当に詳細を知らないということが伝わってくる。

モモコが話し終わると、思案顔をしていたリーベスが口を開いた。

「……話し合いに居合わせたアルデュイノさんの話によれば、今回の婚約解消によって、ペスカ様たちはこの家から出て行かねばならないことと、ウーヴァ様が将来的に市井に出て独立するという話をされた後、二人が口論になって、ペスカ様がお倒れになられたと」

ちらりとモモコの方を見たリーベスは、少し言いにくそうに言葉を紡ぐ。

アルデュイノというのは爺やのことだ。私が徹夜の睡眠を取り戻している間に、応接間は随分と大変なことになっていたらしい。

これまでの話をまとめると、婚約解消の話し合いを私が退席した後、ウーヴァとペスカが喧嘩《けんか》をして、倒れたペスカは人格が変わり、一方のウーヴァは行方知れずになっていることになる。

「口論の末の行方不明……それって痴情のもつれ……？　これ、なんて昼ドラ……しかも大事なところの記憶がないわたしって」

リーベスの話を聞いたモモコも、いつもどおり私の知らない単語を発しながら顔を真っ青にしている。

ウーヴァが家出中の今、頼りになるのは彼女の記憶だけだが、思い出す兆しはなさそうだ。

私は一つ息をつく。現状ではまだ情報が足りない。

「……状況はわかったわ。あんな人だけど、心配ね。元気にしているといいのだけど」

それは紛れもなく私の本音だった。突然の婚約解消に驚きはしたものの、別に私は彼を憎む気持ちも責める気持ちも湧いてこない。

それより、急展開すぎていろいろとついてこない。どういうことなのだろう。

「リーベス、ウーヴァのことをこっそり探してくれる？　どこで何をしているかは、モモコも知りたいでしょう？」

「はいっ！　もし事件とかに巻き込まれてたら寝覚めが悪すぎます……。ごめんなさい、お義姉様、わたしのせいで迷惑ばかり」

謝罪の言葉を即座に口にして、しゅんと項垂れるモモコは、本当に以前とは別人だ。

リーベスの方を見ると、彼は瞳を優しく細めて私を見ていた。

「お嬢様ならそう言われると思いました。既に捜索を開始しております」

「リーベス、ありがとう」

「当然のことをしたまでです。っ、お嬢様⁉」

なんてできた従者なんだろう。嬉しくなった私は、彼に思いっきり抱きついてしまった。

狼狽《うろた》えるような声が聞こえた気がする。

「……えっ、もしかしてお義姉様とリーベスさんって、そういうことなんですか⁉　主従萌《も》えをリアルで視聴できるなんて神か……」

「モモコ様、何を言っているんですか！」

頬を赤らめたモモコが天を仰ぎながらそう言うのを聞いて、リーベスは慌てて私を引き剥がす。

それから私たちは、気を取り直して作業を再開することにしたのだった。


「――メーラ様。もうそろそろ切り上げた方がよろしいかと」

リーベスの声かけに、私はハッとして顔を上げた。

数刻が経過していたようで、工房の窓から見える空が茜《あかね》色に色づいている。

朝から作業を始めたというのに、もうすっかり夕方になっていた。途中リーベスが軽食やおやつを運んできてくれたから、さらにやる気が出てやりすぎてしまった。

「本当ね。さあモモコ、今日はここまでにしましょうか」

私はこの生活に慣れているけれど、モモコは初日だ。

だというのに、早速自分のペースで進行してしまったことを申し訳なく思いながら顔を上げると、彼女はまだ一心不乱に何かを書いていた。

「……モモコ？」

「えっ、あっ、ハイ⁉」

作業中の彼女を覗き込むと、やけに慌てた様子で手元の紙をかき集める。

「随分たくさん書いたのね」

「あっ、えへへ、わたしお絵描きが好きで……趣味とかで熱中しちゃって、気がついたら朝になってたこととかもよくありました」

私がハンドミキサーに必要な材料についてあれこれと検討しているうちに、モモコはモモコで熱中していたらしい。

彼女が退屈していたわけではないことに安堵しつつ、机の上をちらりと見る。大半は彼女の腕の下に隠れてしまっているが、何かの道具が描かれた一枚の紙が目に留まった。

「それも何かの道具なの？　アイスクリーム……メーカー……」

大きな円筒のような器具の横に、そんな説明書きがある。

不思議なことに、モモコが描く文字はこちらの世界の言葉だ。本人もスラスラと書けるその文字が不思議なようだった。意識して書いたという彼女の世界の言葉は、私にとっては逆に何かの模様にしか見えなかったけれど。

「はい。パフェといえばアイスかなって。これもかき混ぜ系です」

モモコが頷く。

「アイスだったら、私は温かい林檎《りんご》のパイに添えてあるのが好きだわ」

「ワッ！　それってとっても最高ですね……！」

目を輝かせるモモコを見ながら、私は食べたことのあるアイスクリームを想像してみる。温かいものに添えられたアイスクリームは、ひんやりと甘い。それでいてソースのようにとろけたりもして、とにかく至高の味だ
「それも検討してみるわね。借りてもいいかしら」

「もちろんです！」

モモコに尋ねてみると、快活な回答が返ってきた。

まずはアイスクリームの作り方を知らないため、リーベスにもその工程を聞いておかなければ

ばならない。

「リーベス。あとでアイスクリームの作り方を教えてもらっていいかしら？」

私はちらりとリーベスの方を見る。

「お任せください。お嬢様」

彼は全てわかっているとでも言わんばかりの顔で、にこやかに微笑んだ。

◇

工房から引き上げて夕食を済ませた私は、探し物のために父の書斎に向かっていた。

廊下を進むと、一際《ひときわ》重厚な扉が廊下の真ん中に鎮座している。飴色に色づいた木造りのその扉を開けるのは、かなり久しぶりだ。

（それにしても、アイスクリーム作りがそんなに大変だったなんて知らなかったわ）

扉を押し開きながら、私はリーベスから聞き取りをしたアイスクリームのレシピを思い出して、そんなことを思う。

ひんやり甘く濃厚なアイスクリーム。

食べるのは至福の時であるけれど、卵と牛乳と砂糖を混ぜた生地を冷凍室に入れ、少し固まったところで空気を含ませるために混ぜ、されにそれを冷やし、また混ぜて、冷やし……といった工程を何度も繰り返すことまでは知らなかった。

そして、その工程を簡素化できるモモコ考案の魔道具は、リーベス曰く、画期的なものらしかった。

彼女の描いた絵とリーベスからの助言を受けて、簡単な設計図を作成してみた。

冷却の魔法を付与した金属製の筒に材料をセットする。それから、大きな撹拌用の金属の羽根がついた蓋《ふた》をはめる。そうすると、羽根がクルクルと回転して中身を撹拌《かくはん》し、アイスクリームの生地に空気を含ませながら冷やすという工程が一度にできる、という代物だ。

あくまで理論上の話ではあるが、実物を作って実験するのがとても楽しみで仕方ない。

そのためにも、まずは——

「……緊張するわ」

お父様の部屋に入った瞬間、私は思わずそう呟いていた。

もうこの部屋にお父様はいないのに、まだ部屋の中央にある黒い椅子に座って、何か研究しているような気さえしてしまう。

でも、私が幼い頃から光が絶えなかった机上のランプは、当然のことながら暗闇を照らすことはない。

お父様はもう、いないのだ。

当たり前のその事実に、胸の奥がギュッと締め付けられる。

「メーラ様、どのように探しましょうか。俺もあまりこの部屋には近づいたことがなくて」

感傷《かんしょう》に浸っていると、いつもよりもどこか軽妙な物言いのリーベスがランプを右手に掲げながら部屋を見回している。

時間外労働になるから、と一度は断ったのだが、この真面目な従者はこうしてメーラの作業を手伝ってくれるらしい。

「アルデュイノさんもあまり立ち入ったことはないらしいのですが。金属を探せばいいのですよね」

「爺やでもわからないことがあるのね。昔この部屋に遊びにきた時には、こっちの左端の棚にまとめてあったと記憶しているわ」

「……確かに、そちらから金属の匂いがしますね」

「ふふっ、リーベスったら。探偵みたいね」

匂いがするだなんて面白いことを言う。

私も試しにすんと鼻を動かしてみたけれど、なんの匂いも感じられない。というか、いろいろな匂いが混じっていて、よくわからない。

「探してみましょう」

リーベスの言葉に、私はこくりと頷く。

部屋の壁一面は、床から天井まで伸びる巨大な収納棚になっている。ここに、お父様がこれまでの魔道具開発で使った材料が所狭しと並べられている。

(前に見た時より、ずっとずっと物が増えたわ)

幼い記憶が、そうさせたのかもしれない。背丈だって、今よりも頭ひとつ分以上に小さかった私にとって、その聳《そび》え立つような収納庫はとても大きく見えたに違いない。

それくらい、この部屋に足を踏み入れることはなかったのだ。

「この辺りはどうでしょうか。メーラ様?」

「ごめんなさい、リーベス。すぐに行くわ」

またぼんやりとしてしまった。私は慌ててリーベスのところに駆け寄る。

彼は、棚の一番左下に置いてある木箱を二つ引っ張り出していた。

「この箱とあっちの箱が金属のような気がします」

「まあ、本当に匂いでわかるの?　すごいわね」

蓋を開けてみると、確かにどちらにも種々多様な金属が詰め込まれていた。

以前からいろいろと鋭い従者だと思っていたが、リーベスは本当に有能だ。

私の研究にも付き合ってくれるし、身の回りのお世話もしてくれるし、本当に支えてもらってばかりだ。

「こんなにいろいろ、すごいわ。ええと、この一番と書いてあるのが鉄で、こっちの二番は銅、それから……十二番はクロム鋼ね」

箱の中にある複数の麻袋には、番号とそれぞれの金属の名称が書いてある。

「どうやらこちらの書物が実物と対応している図録のようですね。金属の特性や加工の際の留意点が細かく記載してあります」

私が袋を眺めている間に、リーベスは箱の近くで黒い背表紙の本のようなものを広げていた。

「お父様の字だわ。こんなにたくさん……」

リーベスが持っている本を後ろから覗き込む。びっしりと情報が書き込まれたそれに、お父様の勤勉さと緻密《ちみつ》さが垣間見える。

かなりの素材があるこの部屋で、その一つ一つをこうして図録にまとめるとなると、かなりの時間がかかるだろう。

(……お父様。この図録をお借りします)

これだけの種類があれば、探しているものも見つかるかもしれない。私は目を瞑《つむ》り、心の中で静かに唱えてから、パラパラと図録の頁《ページ》を繰る。

「あっ、これはどうかしら」

ある頁で手が止まる。そこに書かれていた金属の性質は、探し求めていた金属そのものだった。

『十八番、不銹鋼《ふしゅうこう》。十二番のクロム鋼とは配分が異なる合金。錆び等の腐食に強い性質』

「十八番ですね。……ありました。これのようです」

リーベスは箱からガサガサと麻袋を取り出す。そこには『18』の記載があり、中には銀や鉄とはまた違った薄い灰色の金属の粒がびっしり入っていた。

「不銹鋼というものがあるのね。初めて知ったわ」

「旦那様は、こうした素材を作り上げるのがお好きだったようですね」

リーベスの言葉に、私は改めて部屋の中をゆっくりと見回す。

所狭しと並べられた多種多様な素材たち。きっとそのどれもが、これら金属と同じように図録にまとめられているのだろう。

「今なら……お父様と魔道具開発についての話ができたのかしら」

お父様がこの部屋で何をしていたか、私は知らなかった。一緒に魔道具を開発する機会は、永遠に失われてしまった。

この金属はどう使うといいのか、調理器具にふさわしい金属はどれか。プラスチックという素材を知っているか。

今になって、聞きたいことがたくさんある。

どうしてだか、お祖父様とお父様は別々に研究をしていて、私もそれが当たり前だと思っていた。だからこれまで、この場所に立ち入ってはいけない気がしていたのだ。

(なんだろう……なんだか、とても寂しいわ)

主人のいない部屋と、たくさんの材料。寂寞《せきばく》とした雰囲気に、私は確かに胸の痛みを感じている。

「……メーラ様。目的のものも見つかりましたし、部屋に戻りましょう。ここは少し冷えます」

リーベスはそう言って、不銹鋼の入った麻袋をさっと持ち上げる。それから、床に座り込んでいる私に向かって右手を差し出した。

「部屋に戻られたら、少しだけお待ちください。温かいココアをご用意しますので」

「ココア……そうね。えっと、うんと甘くしてほしいわ」

「心得ております。でも、一杯だけですよ」

「ええ!」

彼の手を取り、私はようやくその場から立ち上がる。

リーベスが用意してくれるココアは特別に美味しいのだ。

そのことを考えると、それだけで冷えかけていた思考までもが温かくなるようだった。

「ねえ、クッキーも付けてくれる？」

「……そうですね。今夜は特別に」

「やったわ。ふふ」

お父様の部屋を出て、私はリーベスと一緒に自室へと戻ったのだった。

◇

「……わ、ハンドミキサーが完成してるっ！」

翌日、私はまたモモコと工房にいた。

ちょうど適当な金属が書斎で見つかったこともあり、昨晩はハンドミキサーの形成まで一気に済ませることができた。もちろん、ココアとクッキーを美味しく食べてから。

「わ、わ〜〜！　すごい。わたしが描いたあのイラストで、こんな風に再現できるだなんて」

モモコは一目散に、台に置いてあるハンドミキサーへと近づく。

「まだ魔道具としての回路は設定していないのだけれど、細かいところを調整したいの。たとえばこう、回転速度を調整する場合の出力の加減がわからなくて」

今ここにあるハンドミキサーは、モモコの絵を元に作り上げた、謂《い》わば外側の部分。まだ魔道具を動かすために必要な魔法回路を刻んでいないため、動かすことはできない。

私の質問に、モモコは目の前のハンドミキサーを注意深く眺める。

「確か、こういうところにスピードを調整するボタンが付いていました。早く回したり、ゆっくり回したりできるようになっていて。ええっと、こんな感じの」

持ち手の部分を指差しながら、モモコは近くにあった紙にさらさらとそのボタンを描いた。スライド式で、数字の目盛りがその横に書いてある。

「そうなのね。あとで改良するわ」

実際に必要な回転量あたりは、ホイップクリームを作りながら吟味《ぎんみ》するほかないだろう。

とりあえず試作品一号の完成の目星《めぼし》がついたところで、今度は、次の道具を作らなければ。

「今日はアイスクリームメーカーの試作品も作ろうと思うの」

「ええ～！　とってもすごいですね！」

モモコが先日描いた『アイスクリームメーカー』も、もちろん一緒に完成させる予定だ。

どちらも完成したらようやく〝魔道具でのパフェ作り〟に取り組むことができるのだ。

俄然やる気が湧いてきた私は、そのまま作業に取り掛かる。

「お義姉様。わたしもまだここにいていいですか？　絵を描いて大人しくしていますので！」

「ええ。必要なものはある？」

「紙とペンさえあれば、可能性は無限大です！」

少し前に私とそんな会話を交わしたモモコは、作業台の近くのテーブルに紙を広げ、羽根ペンでスラスラとなにやら人物のようなをもの描いている。彼女の趣味の一端なのだという。

そうこうしていると、リーベスが軽食を運んできてくれて、私はますます魔道具開発に打ち込むことができる。

(次はこれを、筒形に成形する工程ね)

お父様が作り上げた金属の粒を広げ、私はその上に手をかざす。それらが一枚の板になるようにイメージしながら、手のひらに魔力を集め、ゆっくりと手を動かす。

すると、それに呼応するかのように粒が動き、融合し、だんだんと一つの塊になっていく。

単純に火や水といったものを扱うわけではない、魔力の特殊な使い方。これはベラルディ家に受け継がれる能力なのだとお祖父様が言っていた。

均一に平べったくなるよう力を注ぐと、丸い塊は徐々に板になり、そして筒へと変化していく。これがアイスクリームメーカーの中央部分の核となる。

そこまで作業をしたところで、私は一度ゆっくりと手を止めた。

（ひとまず、こんなところかしら）

ふう、と溜めていた息を吐く。

成形作業は繊細なもので、集中するぶん消耗《しょうもう》が激しい。

もともとある羽根ペンにインクを付与する魔法回路を研究していた時とは、また違った疲労がある。

「わあ～なんだか魔法みたいですね。……って、魔法でした」

モモコの感想に、私は思わず笑みをこぼした。

「モモコもできるようになるわ」

「だといいんですけど。こう、紙の束を一瞬で製本する魔法とかを使いたいです」

「随分と特徴的だけれど、きっとあるわ。魔法は奥が深いもの」

「わあ……っ！　夢が膨らみます」

私の言葉にモモコは、心から嬉しそうに笑った。

それから数日、私はハンドミキサーとアイスクリームメーカーの完成に向けて全力を尽くした。

厨房にも器具を持ち込み、料理人たちにも協力を仰《あお》いで、何度も試行錯誤を繰り返した。

使い方を説明したり、ぱふぇを解説したりと、私とモモコが一気にいろいろなことを説明するものだから、彼らはとても混乱していた。

それに、もともとは使用人たちとあまり接点のなかったモモコが私と一緒にいることに何より驚いたようだった。

だが最終的には、モモコの描くイラストのぱふぇの美しさに誰もが目を奪われ、ハンドミキサーの便利さに慄き、アイスクリームの美味しさに感動する……という一つのドラマがあった。

そして今日はいよいよ、モモコが「ぱふぇ」を披露してくれる日だ。

ハンドミキサーを使って、驚くほど早くピンとツノが立った滑らかなホイップクリームが完成した。そして、数十分前に生地を流し込んだアイスクリームメーカーからも作業完了を知らせる音が流れる。

その他にも、モモコの指示で集められた果物などがお皿いっぱいに並べられている。

「よし、お義姉様。早速作ってみますね」

「ええ、お願い」

私が見ている前で、モモコは細長いグラスに手際よく食材を詰めてゆく。魔法など使っていないことはわかっているのに、彼女の素早い動きに合わせてだんだんとグラスに層ができてゆくのは圧巻だ。

「じゃーん、お義姉様、これがパフェです！　料理長が言うには今は苺《いちご》が旬ということで、今回は苺のパフェです」

一番上に苺を飾りつけると、モモコは満足そうに両手を広げた。

「これがぱふぇ……！　美味しそうだわ」

私の目の前にあるのは、彩り豊かな一品だ。

細長いグラスに、フルーツやクリーム、何かサクサクしたものが幾重《いくえ》にも層になっている。甘くて美味しいアイスクリームに、さらにこんもりとホイップクリームが盛られて、苺が宝石のように飾られているこのデザートは、これまでに見たことがないものだ。

私としてはモモコが何度も口にしていた「らのべ」も知りたかったのだけれど、開発作業中の雑談中に話を聞いてみると、それは簡単に作れるものではないらしい。

あと、「ねとり」は食べ物でも乗り物でもなんでもないということを教えてくれた。

でもやはり、詳細は教えてくれなかった上に、その話になるとリーベスが瞬時に止めに入った。

「お義姉様がいろいろと道具を作ってくれたお陰です。こんな短期間でハンドミキサーもアイスクリームメーカーも……わたしの拙い説明でこんなものが作れるなんて」

「だって私も知りたかったの。貴女の故郷の食べ物を」

モモコにそう伝えると、彼女は再び額に手を当てて、天を仰いでしまった。

「うぅっ、また……！　天使……！」

私の言葉に、モモコはいつも大袈裟《おおげさ》に感動する。異世界に興味があるのは私も同じで、この二つの魔道具はきっとモモコがいなければ思いつくこともなかった代物なのだ。

「それでこれは……どうやって食べるの？」

キラキラと輝くぱふぇを前に、私はモモコにそう尋ねる。

「食べ方は自由です！　この細長いスプーンで、クリームと果物を食べたり、アイスとクリームを食べたり。ちなみにわたしは、最初から深い層まで発掘する派でした」

「ふふ、なんだかモモコらしいわね」

「お芋の季節になったら、今度こそお芋パフェですね。料理長のポンペルノさんたちも、わたしのイラストを見てやる気がみなぎっていましたし」

「秋が楽しみね」

お芋のぱふぇ。それもとっても美味しそうだ。

（そうだわ。せっかくだから私も作ってみようかしら）

秋に思いを馳せながら、私はモモコの作ったパフェをお手本に、自分でもパフェを作ってみることにした。

見ていた限りでは、そこまで難しい工程はなかったように思える。

順番に材料を重ねて、アイスやクリームで飾り付ければ、ほら完成——と思っていた時が私にもありました。

「うーん。モモコのように綺麗にできなかったわ」

私もアイスクリームメーカーの筒からアイスを取り出し、立てたホイップクリームを載せてパフェを見よう見まねで作ってみたのだが、なんだか美しくない。

せっかくのクリームが何故かでろでろしているし、層も乱れている。

「リーベスのはとても綺麗ね。流石だわ」

「ありがとうございます」

反対に、リーベスのものはモモコとは違う盛り付けでありながら、苺が規則的に並べられていて、花が咲いているようにとても綺麗だった。

普段から美味しいデザートを作ってくれる彼らしい仕上がりだ。

「お嬢様は苺がお好きなので、たくさん載せてみました」

笑顔のリーベスは、言いながらそのパフェを私の前に差し出す。

すごく美味しそうなこのパフェは、私にくれるつもりで作ってくれたらしい。

「でも、悪いわ。私のパフェはこんなだもの……それに、二つも一度に食べられるかしら」

「お義姉様っ！　お義姉様の作ったパフェは、リーベスさんに食べてもらうのがいいと思いますっ！　ね、リーベスさんも食べたいでしょう⁉　お義姉様の！　初めての！　手作りスイーツですよ！！！」

悩んでいる私をよそに、急にテーブルにバァンと手をついて立ち上がったモモコは、やけに鼻息荒くそう言い出した。

私もリーベスも、一瞬その圧に怯《ひる》んでしまう。

「……あ、じゃあ、リーベス。私のパフェを食べてくれるかしら？」

「っ、はい。喜んで……！」

こんなでろでろパフェを、リーベスはとても美しい笑顔で受け取ってくれた。

そして何故か、その様子をモモコもとても満足そうに見ていた。

「萌え」というというものの呪文を呟きながら。

翌日。今日も今日とて私は工房にいた。

ハンドミキサーとアイスクリームメーカーの改良に早速取り組むためだ。

二つを並べて、ゴーグルをしっかりと装着したところで、リーベスが急いだ様子で工房に飛び込んできた。

「――え、ウーヴァが見つかった？」

その報告を受けた私は、手に持っていた工具を作業台に戻す。

思ったよりもずっと早い。

その気持ちが顔に出ていたのか、リーベスもわざとらしくこほりと咳払いをする。

「……ウーヴァ様が失踪したにしては、ケルビーニ伯爵家はあまりにも落ち着いていました。まるで行き先を知っているかのように。なので、あの家から出る使いの者の動向を探らせていたのです」

リーベスの話によると、昨晩も含めてこれまでに数度、不審な馬車がケルビーニ伯爵家を出発したらしい。やけに多くの荷物を積んで。

今回その馬車の後を追うと、町外れの森の中にある一軒家に到着したのだという。

そして、使いの者がその家に荷物を運び入れる際、ウーヴァの姿が確認されたという。

「ウーヴァは、その家で暮らしているということなのかしら」

町外れの森。一軒家。これまでの彼の煌《きら》びやかな様子からはまるで見当もつかない単語たちだ。いつだって着飾っていて、華やかなものが好きな人だと思っていた。

「おそらくは。荷物の様子を見ていましたが、当面の生活物資だと思います。きっと、これまでも何度かあの家で過ごしていたのかと。暮らし慣れていましたし、庭にある畑には、野菜がしっかり実っていました」

「そうなの……」

ウーヴァがそういうことをしていたなんて、私は全く気がつかなかった。

仮にも長い間婚約者だったというのに、自分の無関心さに呆れてしまう。

義妹に婚約者を取られた、というより、そうなってしまったのは、私のせいのような気がしてくる。

「ウーヴァはどうして家を出たのかしら」

そう呟いたが、その答えはウーヴァ本人にしかわからない。

失踪する前、ペスカと口論になったと言っていた。モモコは何も覚えていないようだったけれど、それがきっかけになったのだろうか。

「メーラ様」

考え込む私に、リーベスは優しく声をかけてくれる。

「ご希望であれば、ウーヴァ様のところにご案内します。でも、その時は私も必ず同行させてください」

「リーベスも来てくれるの？」

「ええ、もちろん。いくら〝元〟婚約者と言えど、ウーヴァ様はもうメーラ様とは他人です。

「そうよね。ウーヴァの今の婚約者はモモコだもの。二人きりになるのは失礼だわ。あ、モモコも連れていくのはどうかしら。このままだと埒《らち》があかないものね！」

「……そう、ですね」

リーベスから心強い言葉をもらった私は、そう思い立った。

こうなってしまった以上、当事者同士で話してもらわないと。

それにウーヴァは、まだ〝モモコ〟の存在を知らない。

今後の方針が決まって、ほくほくした気分でお菓子に手を伸ばす私とは裏腹に、リーベスは何故か遠い目をしていた。

それから私はリーベスと共に、モモコが寝泊まりしている客室を訪ね、先ほどの内容を彼女に説明することにした。

「――だからね、モモコ。貴女もウーヴァのところに行きましょう」

「ええ～っ、お義姉様、確かに様子が気になるとは言いましたけど、それは流石にやばいですって！　いや何がやばいのか、わたしにもわかんないですけどっ。でもでも、完全に部外者じゃないですか！」

モモコからはそんな絶叫が返ってくる。

「貴女は間違いなく当事者です。むしろ誰よりも」

「いーーやーーー！　リーベスさんの正論が耳に痛いーーー！」

顔面蒼白のモモコは、身振り手ぶりで行きたくないことを示している。そしてそんなモモコを、冷めた目で一刀両断しているのはリーベスだ。

「ウーヴァに関する記憶はどのくらいあるの？」

尋ねると、モモコは難しい顔をした。

「ううーん、うっすら、って感じですかね……。ペスカと仲良くしていたんですよね。でも、思い出そうとすると、昨日より輪郭がぼんやりしていて……。なんというか、寝起きするたびに、どんどん桃子としての記憶が勝ってくるんですよね」

どうやら彼女の中では、どんどんペスカ成分が薄まっているらしい。

数日前は確かにウーヴァのことを『いけめん』と言っていたはずなのに、今日はその話はない。モモコが明確に覚えているのは、ペスカに関する負の記憶が主だという。

「……でも、一度会ってみた方がいいわ。ウーヴァはペスカがこういう状態だってことを知らないのだもの。そのことも説明したいし……。私たちも二人の最後の言い合いの内容は知らないから、勝手な言い分にはなるのだけど」

モモコの気持ちもわかる気がするが、この膠着《こうちゃく》状態ではどうしようもない。

あの婚約に関する書類がどうなったのか、その行く末も気になるところだ。

（――私は本当に自由になっているのかしら）

ウーヴァが伯爵家を出たと聞いて、私が真っ先に心配してしまったのは、そこだった。

呆れた顔でモモコを見ているリーベスを、私は横目でちらりと見る。

ずっとこのままで、いられたらいいのに。そう思ってしまっている。

もし、あの婚約解消自体がなかったことになってしまえば、私はまた結婚に向けて動き出さないといけなくなる。

一度は自由になったと思ってしまった手前、私は我儘になってしまった。

「そう……ですよね。お義姉様にご迷惑をおかけしてますよね……。これ以上ご迷惑をおかけするわけにはいきません。あとはジャンピング土下座ぐらいしかできないし……うん、決めました！」

何やらぶつぶつと呟くモモコは、意を決したように顔を上げる。

「わたし、ウーヴァさんに会ってみます」

彼女のそんな屈託のない笑顔を見たのは、お互いの両親が健在だった遠い昔、幼少の頃以来だなあと、ぼんやりと思った。

第四章　元婚約者と魔道具

「お義姉様っ」

私が遅めの朝食をとっていると、食堂にモモコが飛び込んできた。

ばあんと扉を開ける様子は、あの日の朝を彷彿《ほうふつ》とさせる登場だ。

「どうしたの、モモコ」

「あっ、お食事中に申し訳ありません。あの、お聞きしたいことがあって」

頬を紅潮させるモモコの手には、新聞が握られている。

社交をしない我が家にとって、情報収集はもっぱらこの新聞がメインとなっている。

以前に部屋の片隅で新聞を見つけたモモコは目を輝かせ、文字が読めることにも感動していた。

どうやらモモコは、読書やそういった活字を読むことにとても関心が深いらしい。

そんなわけで、新聞を読むのは彼女の日課となっている。

「ここここ、ここを見てください！」

小鳥のようにさえずりながら、モモコは新聞の一面を指さした。

大きな見出しは『獣人国モルビド共和国の使節団、今秋我が国を訪問予定！』となっている。

隣国でありながら、完全に国交が途絶えているモルビド共和国。その使節団が訪問してくるとあれば、それはとても大きなニュースだ。

「獣人って、あの獣人ですか⁉」

「ええ、そうよ」

私はゆっくりと頷く。

このラフルッタ王国では、古くは獣人を奴隷《どれい》として扱っていた歴史がある。魔法が使える優位性を悪用し、貴族の間で従属の魔道具が流行したのだ。

同じ魔道具師として、とても忌《い》むべき歴史だとお祖父様がよく話していた。

既に奴隷制度は廃止されたとはいえ、その遺恨《いこん》は根深い。

特に、仲間をいいように使われていた獣人国からすれば、我が国は憎まれても仕方がない。

「あなたも覚えているのね」

そのように語り継がれていた歴史をペスカが知っていたことを驚きながらそう問いかけると、モモコはきょとんとした顔をした。

「覚え……？　いえ、ペスカの記憶には何も。ただわたしが、この獣人というものにいたく興味がありまして！」

「そうなの？」

「はい！　わたし、あの主従萌えも大好きなんですけれど、ケモナーでもあって」

「シュジュウモエ、ケモナー……？」

「獣人といったらアレですよね！　普段は人の姿でいて、獣の姿になることもできるし、人型の時にうっかり耳やしっぽがぴょこんと飛び出してしまったり……もふもふハプニング可愛いですよね！」

「ええと、大体はそうだと言われているわね。最後の方はよくわからないけど」

いつもの早口状態になったモモコは、恍惚《こうこつ》の表情で熱く語り始めた。本当によくわからないけれど、彼女はなぜだか獣人というものに造詣《ぞうけい》が深いようだ。

彼女の暮らしていたニホンは文明の進んだ国だと思っていたけれど、獣人まで暮らしていたなんて驚きだ。どうやって共存しているのか、興味深い。

「ケモ耳……最高……っ」

最後は拝むように新聞を崇《あが》め始めたモモコをちらりと見ながら、私はリーベスが淹《い》れてくれた紅茶をこくりと飲んだ。

美味しい。

「今日もとっても美味しいわ、リーベス」

「ありがとうございます」

私の従者は今日も完璧だ。

「ねえリーベス。あなたは獣人に会ったことはある？」

「……いえ」

「私も実際に会ったことはないからわからないのよね。本当に、人の姿が変わるのかしら」

「そう、ですね」

実際に獣人を見たことがない私は、結局は彼らがどのように暮らし、過ごしているのかはまるでわからない。

魔力がない代わりに、身体能力が卓越しているという種族。

「……お嬢様は、獣人をどう思われますか」

リーベスは真っ直ぐに私を見ていた。ルビーの双眸《そうぼう》がとても綺麗だ。

「そうね。とっても気になるわ」

だから私も、思ったことを正直に話すことにした。

「もし出会えたら、一度一緒に研究をしてみたいわね。だってほら、魔力がないのでしょう？獣人の方向けの魔道具を開発するのもいいんじゃないかしら。いくら身体能力が優れていても、面倒な工程は便利なもので楽をしてもいいと思うの」

彼と同じように、私もリーベスを真っ直ぐに見つめた。

「――魔道具は獣人を苦しめるだけのものじゃなく、便利で楽しいものでもあることを知って欲しいわ。パフェも作れるのよ？」

きっと、魔法や魔道具そのものに嫌悪感を抱いている人たちも多いだろう。でも、私はみんなが使えるような魔道具を作りたいのだもの。

一瞬まん丸になったリーベスの瞳は、次第にゆるく解けた。柔らかな笑みに変わったそれを、私はぼおっと見つめてしまう。

「流石、俺のお嬢様です」

「まあ、光栄だわ」

胸に手を当てて、リーベスが恭しい仕草で腰を折る。だから私も自然と笑顔で応えた。

「ウッ尊っ……今日も供給をありがとうございます。本当に……」

いつの間にかモモコは私とリーベスに向けて手を合わせていて、うっすら泣いているようにも思えた。

「主従は満たされてるので、獣人さんにもいつか会えますかね？　この世界の獣人の解釈がわたしとぴったり合っていますように☆」

今度は空に向かって祈り始めた義妹は、今日も楽しそうだ。

リーベスの方を見ると、彼もそんなモモコを呆気《あっけ》に取られた顔で見ていて、それからその視線が私と交わった。

「ふふ。モモコって、不思議ね」

「本当に」

目を合わせた私たちは、思わず笑ってしまった。

◇

その日の午後、私たちは計画どおり三人で出かけることにした。

「メーラ様、足元にお気をつけください」

「ええ、ありがとう」

リーベスに案内され、馬車から降りた私たちは、町外れにある一軒家の前に立つ。

周囲には木が生い茂り、近くに他の家は見えない。木々の中にポツンと佇《たたず》んでいる小さな赤い屋根のお家だ。

話には聞いていたが、こんなところに、あのピカピカ貴公子のウーヴァが一人で暮らしているなんて俄《にわ》かに想像がつかない。

隣に立つリーベスを見上げると、そんな気持ちが伝わったようで、困ったように頷かれた。その表情でわかる。本当に、彼はここに住んでいるのだ。

「あ、トマトが美味しそう……！」

家の前にある畑では、たわわに実ったトマトが存在を主張している。それを見て、モモコは無邪気に声をあげた。

「リーベス、本当にこのおうちでウーヴァが暮らしているの？　誰かと住んでいるのではない？」

「いえ、確かにお一人でした」

なんだか全然しっくり来ない。庭先で野菜を育てる人物と、私が知っているこれまでのウーヴァが結びつかない。

彼はいつだってキラキラとした装飾や見事な刺繍《ししゅう》が施された服を身につけていて、社交界や王都のことにも詳しかった。

「じゃあ、行きましょうか。ほらモモコ、トマトのことはひとまず置いておいて」

「は～～い」

とりあえず、ここが彼の住まいであることは間違いないらしい。私はモモコに声かけをして、その家の玄関扉へと近づいた。

その時。

「――なんだ、朝から騒がしい……。もう、ここに届けてもらう物はないはずだが」

扉の前でわちゃわちゃと話していたら、唐突に扉が開かれる。

そこから不機嫌そうに出てきたのは、見たことがない無造作な髪型と軽装のウーヴァだった。

これまでと随分と様子が違う。

「なっ……！　メーラと従者、それにペスカ……！」

私たちの姿を順番に確認したウーヴァらしき男は、目を丸くして絶句した。

一応お忍びのようなものなのでフード付きの外套を着ていたのだが、私たちのことは即座に認識できたらしい。

「久しぶりね、ウーヴァ」

以前からそんなに頻繁に会っていたわけではないし、あれからそこまで日は経っていないから、そんなに久しぶりでもないのだけれど。

いろいろなことがあったために、随分と間が空いてしまったかのような気になる。

「どうして、ここに……」

「それはこちらの台詞《せりふ》よ、ウーヴァ。どうしてこんなところにいるのよ。家を出たというのは本当なの？」

「それは……」

ウーヴァは戸惑いながらも、視線をちらりとモモコの方に向ける。

（やっぱりあの日、ペスカと何かあったのかしら）

だが彼女はほとんど何も覚えていないのだ。そのことも、説明しないといけない。

「ウーヴァ様、お久しぶりです。お嬢様たちのことを考えると外で話すのもどうかと思いますので、中に入れていただいてもよろしいでしょうか？」

私の前に一歩出て、淡々とリーベスが告げる。

いくらか逡巡《しゅんじゅん》したような様子のウーヴァだったが、最後には「わかった。どうぞ」と私たちを中に迎え入れてくれた。

「さあ、行くわよ。モモコ。……モモコ？」

家の中に入ったウーヴァに続いて入ろうとした私だったが、伯爵家を出る前はあんなに大騒ぎしていたモモコが、すっかり黙りこくっていることに気付いた。先ほどまで、トマトで喜んでいたはずなのに。

全く動かずに立ちすくんでいる彼女の前に手をかざして、ひらひらと動かしてみる。

呆然とした様子だったモモコは、私のその行動にハッとしたように目を見開いた。

「……おっ、お義姉様っ！」

ひそひそ声ながらも、興奮を抑えきれない様子のモモコが私にひしとしがみついてくる。

「えっ、えっ、あれがウーヴァさんなんですか？　うっそ、記憶より本当にイケメン……！　えっ、王子様とかじゃなく？　あんな人が婚約者……？　というか、めっちゃアンニュイ……ひぇ……！　ていうか、最推し様にめちゃくちゃ似てるんですが、神かな……!?」

またいつもの変な状態になったモモコは、頬を紅潮させながら早口でそんなことを言っている。

アンニュイやオシとはなんだろうか。

「モモコ様、早くお入りください。メーラ様も」

「え、ええ、わかっているわ。ほらモモコ、シャキッとしなさい」

「はいぃぃぃぃぃ！」

リーベスに急《せ》かされた私たちは、慌てて家の中に入る。扉を開けた先にはテーブルとひと揃《そろ》いの椅子、それからその向こうに見えるのがキッチンだろうか。

思わず見回してしまったが、木造りの室内には整然と必要最低限の家具が置いてあり、想像したよりもずっとシンプルだ。

「……狭い家だが、とりあえずそこに座ってくれ。紅茶でいいか？　こんな家だが、この紅茶はわざわざ伯爵家から持ってきてもらったものだから質はいいはずだ」

「ありがとう、ウーヴァ」

「ではメーラ様、モモコ様、こちらに」

言われるがままに足を進めると、一脚の椅子をリーベスが素早く引いてくれたのでそこに腰掛けた。リーベスは同様にモモコを私の隣へと誘導する。

その間もウーヴァは手際良くお茶の準備を進めている。

(これが……ウーヴァ？　私が知っている彼とはまるで違うわ)

隣に立つリーベスも、驚いたような表情を浮かべながら、茶器を用意するウーヴァを見ている。

貴族の子息であった彼が、自ら紅茶を淹れる機会などなかったはずだ。現に私は、絶対にできない自信がある。

「――さ、どうぞ」

テキパキと準備をするウーヴァの手により、私たちの前には香り立つ紅茶が並べられる。美しい褐色《すいしょく》の水色だ。

「いただくわ。ウーヴァあなた、こんなことができたの？」

「はは、まあね。披露する機会はなかったけど」

鼻を掻《か》きながら、ウーヴァは私の対面にある椅子を引いた。そして、そのまま腰掛ける。

本当に、これがウーヴァなのか。ふわふわとして掴みどころのない貴公子だった彼とは全くの別人に思える。

困惑した私は、ウーヴァが淹れてくれた紅茶をゆっくりと口に含む。

「美味しい……」

思わずそう口にすると、ウーヴァはわかりやすく安堵の表情を浮かべた。

「良かった。君の口に合って。リーベスも座って飲んだらいいじゃないか。ここは堅苦しいしきたりなんてない庶民の家だよ」

「お気持ちはありがたく受け取りますが、私はここで控えております」

「相変わらず真面目だね、リーベスは」

「仕事中ですので」

「ははっ」

会話中、ウーヴァはずっと笑顔を浮かべている。リーベスはいつもどおりのすんとした表情だけれど、そんな二人がこうして会話を交わす様子も不思議だ。

私はちらりと横に座るモモコを盗み見る。

「推し様の淹れてくれたお茶……尊すぎて飲めない……！」

ずっと俯いているモモコは、ぼそりとそんなことを言っていた。

紅茶を飲んでひと息ついたところで、

「わざわざ足を運んでくれてありがとう。メーラ、君との婚約は正式に破棄されているから安心してくれ」

ウーヴァはそう言って儚げな笑みを見せた。

いつもの無駄にキラッキラなものではなく、ふんわりと自然なもの。

そしてそのウーヴァの笑みは、目の前の私ではなく、右隣に立つリーベスに向けられている。

ウーヴァの視線を追ってリーベスを見上げると、ぱちりと目が合って、ふいと逸らされてしまった。

首を傾げながら視線をウーヴァに戻すと、彼は苦笑している。

「……ああ、でも」

バツの悪そうな顔で、ウーヴァは私の隣を見る。

そこには、未《いま》だに俯き加減のモモコがいる。

「ペスカ。申し訳ないが、君との婚約はまだ解消できないんだ。……法定期間が過ぎたら必ず解消することを約束する。そうしたら、君は自由だよ」

ウーヴァは、顔を上げないペスカに寂しそうな表情を向ける。

あの日、二人の間に何があったかはわからないが、きっとペスカは婚約の解消について口にしたのだろう。

この国では一度婚約すると、一年は解消や新たな婚約はできないことになっている。ひと昔前に高位貴族の間で流行った婚約破棄ブームのせいで国が傾きかけたため、以前はゆるかったその辺の法制度が厳しくなったようだった。

なんでも、かつてこの国の王子が一人の令嬢に入れ上げ、もともとの婚約者を蔑ろにして婚約破棄に至ったらしい。それに引っ張られるように、次は貴族の令息たちがこぞって婚約破棄をするようになり――婚約という制度そのものが形骸化してしまった。

婚約と婚約破棄が入り乱れる社交界は、もう何がなんだかわからないほどに混沌とした。

その発端となった王子が廃嫡となったのを機に、新たに王に立った人物が法を整備したそうだ。

(確か、その廃嫡となった王子の元婚約者は隣国王家に嫁いだのだったかしら。婚約破棄も言いがかりで、実際は令嬢には落ち度がなかったことが再調査でわかったのよね)

この国では、その話は本としてまとめられ、各貴族家に教訓として配付されていた。我が家の書斎にも置いてあるはずだ。

私とウーヴァは幼い頃から婚約していたために婚約の解消はすぐに認められたが、ペスカとウーヴァの婚約は結ばれたばかりだ。

即解消はできない――ウーヴァはそのことをペスカに伝えようとしている。

「ウーヴァ、今日は大切な話があって来たの」

私がそう切り出すと、ウーヴァは当然だと言わんばかりの笑顔を見せた。

「ああ、わかっているとも。もちろん、慰謝料や諸々、メーラやベラルディ家に対する償いはするつもりだよ」

凛とした表情のウーヴァは、決意を固めているようだった。

「君には突然のことで迷惑をかけたね。だが僕はもうケルビーニ伯爵家には戻らない。以前から手がけていた事業があるから、このままずっとここで暮らすつもりだ」

「償い？　そういうのはいいの。あのね、実はここにいるペスカのことで話があって」

以前はぽわぽわした気楽な青年だと思っていたが、今は全く違う。

――まるで今まで、『そういう人物』を演じていたみたいだ。

これが本当のウーヴァという人なのかもしれない。華やかで、流行に詳しく、そして私は彼のことをどこか軽薄な人だと決めつけていた。

そんな彼が、全ての婚約を解消して、もう伯爵家にも戻らないと宣言するのはがどういう心境の変化なのか、今の私にはわからない。

「ペスカのことも、悪いようにはしない。僕とは結婚したくないだろうから、その辺りはペスカの意向を十分に汲《く》んで――」

「違うの、ウーヴァ」

私は彼の言葉を遮り、首を横に振った。先に先にと話し始めてしまうウーヴァを、なんとか静止する。

「実はペスカは……記憶喪失になってしまったの。あの日から」

「え……？　記憶喪失だって……？」

「そうなの。貴方と交わした会話を、覚えていないのだって」

「覚えていない……」

今のモモコの状態をなんと説明したらいいかわからなかった私は、リーベスと事前に相談した上でそう告げることにした。

本当は記憶喪失とも違う現象が起きていることはわかっているけれど、段々とペスカの記憶は抜け落ちているらしいから間違いではないだろう。

戸惑うのも無理はない。表情が抜け落ちて呆然としているウーヴァを尻目に、私は隣に座るモモコの背中をそっと押す。

どうしてだか、席についてから黙り込んでしまった彼女にも、何か一言でも声を発して欲しいと思ったからだ。

「ほら、モモコ」

私は〝ペスカ〟ではない彼女の名前を呼ぶ。

ぐっと唇を噛み締めて、ようやく顔を上げた彼女は——何故だかものすごく真っ赤な顔をして、ぷるぷると震えていた。

「……うっ、あああ眩しすぎて直視できないっ！　無理ぃぃぃ！」

暫く顔を上げてウーヴァを見つめていたかと思うと、モモコは奇声を発しながら、また勢いよく顔を伏せてしまった。

有り余った勢いで、ごつりという鈍い音が聞こえる。

もしかしなくとも、テーブルに額を強《したた》かに打ちつけてしまったようだ。

「だ、大丈夫か、ペスカ！　メーラ、ペスカは本当は何か悪い病気なのではないか？　顔色も悪いし、何やらおかしなことを言っていたが。もしかしてそれも記憶喪失と関係があるのだろうか⁉」

「え、ええっと」

血相を変えたウーヴァが私に問うけれど、モモコの奇行に少し慣れたような気がしていた私でさえ、現状が理解できていない。

聞かれても困る。

「……モモコ様は、『オシを直視するのは無理』と仰《おっしゃ》っているようです」

耳を澄ませていたらしいリーベスが、呆れた口調でモモコの呟きを私たちに丁寧に伝えてくれる。

オシ。さっきも言っていたけれど、まるでわからない。

「これまでの言動を総括すると、『オシ』というのは、彼女にとってなんらかの信仰の対象であり、それがウーヴァ様と似ていて混乱しているようです」

「なるほど、神を崇める信徒のようなもの？」

「おそらくは」

冷静なリーベスが、モモコのことをそう分析して教えてくれて、少しだけ理解が深まった気がした。

「……とまあ、こんな感じなの」

こほんと咳払いをした私は、そうまとめてみた。

とりあえず、彼女の様子が以前と違うことが伝わっただろうか。ざっくりと判断をウーヴァに委《ゆだ》ねてみる。

「いや、全くわからないが……これも、メーラたちがペスカのことを別の名前で呼ぶことと関係があるのか？」

鋭い。困惑していながらも、ウーヴァはきちんと話を聞いてくれていたようだ。

「ええ。彼女の中には現在、『モモコ』という、ペスカとは全く異なる人格があるようなの。だから……貴方にも知っていて欲しいと思ったの」

「そう、なのか……？」

困惑した表情のウーヴァは、痛ましいものを見る目、で突っ伏したままのモモコを見つめる。

「……紅茶のお代わりを入れよう。すっかり冷めてしまった」

ウーヴァはそう言って席を立つ。

数日前まで恋人だった少女の人格が入れ替わってしまったなんて、俄かには信じ難いだろう。

私もこの一週間、あえて共に過ごしてみることで、ようやくペスカとモモコが全くの別の人格であることに確証が持てた。どう考えても、彼女の振る舞いが、周囲を欺《あざむ》くための演技であるようには見えない。

（あら、ウーヴァもあのポットを使っているのね）

彼が使っているのは、魔道具のポット。

魔力を流せばお湯を沸かしてくれる優れもので、うちの父が発明し、大ヒットになった品だ。

彼のその様子をなんとなしに眺めていた私は、違和感を持った。ウーヴァが着ているシャツの袖口から、ちらりと魔石がついたバングルが見えたからだ。

（あれは魔石だわ。宝石のように加工してあるけれど、間違いない。でも、どうして？）

――魔石を装飾品として身につけるのは、魔力がない人だけ。

私は祖父からそう学んだ。魔力が込められた魔石を使うことで、魔力なしの者もようやく魔道具を使いこなせるようになるのだと。

だけれど、貴族であれば魔力持ちであることはほとんど確定している。それもこの世界の常識だ。

だから普通は、貴族が魔石を身につけていることなんてほとんどない。

例外として、魔力持ちであっても体調を崩せば、魔法が安定して使えないこともある。そんな時のために、非常用の魔石を所有している家もあることは知っていた。

「ウーヴァ。貴方どこか身体の調子が悪いの？　魔力が使えないなんて」

そこに思い至った私は、そう問いかけていた。

そうなんだ、と軽く返ってくると思っていた私の予想は外れ、ぴたりと動きを止めたウーヴァは、ギギギ……と音が聞こえそうなくらいぎこちなくこちらを振り返った。

そして唇を噛むような仕草を見せた後、真っ直ぐに私たちを見据える。

「――はは、バレちゃったか。今まで黙っていてごめん」

明るかった声は、最後には地面を這うように低い声になった。いつものウーヴァからは想像もつかないくらいに、暗い。

「ごめんって、どういうこと？」

「僕は貴族なのに魔力がない、〝魔力なし〟の落ちこぼれなんだ。このことは、うちの家の者と君のお祖父さんしか知らないけどね」

そう笑う彼の表情は、美しくも寂しくもあり、悲しくもあった。

「それは……知らなかったわ」

「君や他の者には露見しないように注意していたからね」

魔力を持って産まれるべき貴族の生まれであるのに、魔力がない。これまで一体、どんな苦悩があったのだろう。

子どもが産まれたら、まずは魔力を測定する。

魔力量には個人差があるため、産まれたばかりの赤子が有り余る魔力持ちだと、当然ながら制御ができずに、癇癪と共に周囲に被害を与えてしまう可能性がある。

それを未然に防ぐためというのが大義名分だ。

平民の中にも稀に魔力持ちが産まれるが、その場合はすぐに教会に登録されることになる。

これまで、ウーヴァが普通に魔道具を扱っていたから気がつかなかったけれど、彼自身が魔法を使うところは、確かに見たことがなかったような気がする。

私を一瞥《いちべつ》したウーヴァは、困ったように笑った。

「……親友だったお祖父様たちが相談して、僕を君の婚約者にしたのもそのせいだ。魔道具の発明を主として、あまり社交の場に出ないベラルディ家でなら、僕が魔力なしを隠したまま貴族としてやっていけると」

苦悶《くもん》の表情でそう告げるウーヴァに、私はなんと声をかけたらいいのかわからなかった。

確かにうちなら、ウーヴァに魔力がなくても気にしないだろうし、社交もほとんどしない。王都に居を構えながらも、お父様もお祖父様も、夜会には数えるほどしか出席しなかった。

「でも僕は……そうまでして、貴族であり続けたくはなかったんだ。どんどん魔道具を開発する優秀な君にも、こんな出来損ないの伴侶では申し訳なくて。そんな時に出会ったのが、ペスカだった」

その言葉に、モモコは弾かれたように顔をあげた。

ウーヴァの笑みは、モモコに向けられている。

「……すまない。ペスカ。僕の我儘に君も巻き込んでしまった。僕を愛していると言ってくれた君ならば、どこへでもついて来てくれると思っていた。急に平民になることを告げた僕に、君が怒るのも当然だ」

なるほど。あの婚約解消の日にウーヴァとペスカが言い争っていたのは、このことについてだったのか。

（やっぱりペスカは、メローネ伯母様と同じように考えていたのかも知れない）

ウーヴァと婚約したら貴族のままでいられると、信じていたのだ。

私が思考を巡らせていると、隣にいるモモコの体がふるふると震えていることに気付いた。

「モモコ、どうかした？」

もしかして、どこか体調が悪いのだろうかと声をかけると、モモコはテーブルにばあんと手をついて、勢いよく立ち上がった。

「推し様！　一つだけ言わせてください！」

「な、何かな？」

「『何も言わなくてもわかってくれると思ってた』的な考えは、金輪際《こんりんざい》やめてくださいっ！そんなん、エスパーじゃないから、言われないとわかんないんですから！」

ひと息にそう言い切ったモモコは、荒い息を整えるように何度か呼吸を繰り返す。そして今度は、先ほどとは正反対のしっとりと落ち着いた声で諭すように話し出す。

「ペスカは何も知らなかったんです。魔力がないとか、家を出るとか、平民になるとか、この世界ではすっっごく大事なことなんでしょう？　恋人に相談もせずに勝手に決めて、喧嘩したら即家出って、そんなすれ違い超展開は、ラブロマンス小説だけでお腹いっぱいなんですよぉ……！」

途中途中にまた意味のわからない単語がいくつかあった。

すとんと席についたモモコの桃色の瞳から、ぽろぽろと真珠のような大粒の涙がとめどなく溢れる。

「……ペスカだって、ちゃんと貴方のこと好きだったのに……愛しているなら、信じてるなら、最初からちゃんと相談してあげてくださいよぉ……っ」

突然捲し立て、急に泣いて。彼女のその様子に、ウーヴァは固まってしまっている。

先ほどまでウーヴァと目を合わせることも恥じらっていたようにも見えたが、先ほどはしっかりと彼を見据えているように思えた。

その豹変とも言える変化に私も驚きはしたけれど、懸命に手の甲で涙を拭《ぬぐ》うモモコを見ているうちに、なんだかわからない感情が芽生《めば》えてきた。

（——ああ。モモコは……ペスカのために泣いているんだわ）

そう考えると、ストンと腑に落ちた。

何か思い出したのか、モモコの涙は止まらないままだ。

ペスカがウーヴァに近づいたのは、最初はもしかしたらメローネ伯母様の差し金だったのかもしれない。でもちゃんと、心も通わせていたのだ。

（ウーヴァとペスカは、きちんと恋人だったのね）

それを知っても、元婚約者だった身なのに全く波立たない自分の心は、やはりどうかしているのかもしれない。

私はポケットからハンカチを取り出し、モモコの涙を拭った。

「……今日のところはもう帰りましょう。ウーヴァの言いたいこともわかったし、安否もわかったもの。ほらモモコ、行きましょう」

「ううっ、お義姉様……っ」

「あまり擦ると腫《は》れてしまうわ」

頬を濡らす涙をトントンと優しく拭《ふ》き取って、そのハンカチを彼女に渡した私は、そっとモモコの手を引いて立たせた。

「ではウーヴァ。急に来てごめんなさい」

「ウーヴァ様、失礼いたします」

リーベスも私に倣って歩みを進める。

呆然とするウーヴァを置いて、私たちはこの家を出た。

泣き疲れたのか馬車の中ですっかり眠ってしまっている義妹の姿をぼんやりと眺めながら、私は考え事をする。

ウーヴァの家に置いてあったあのティーカップも、所々に配置されていた可愛らしい雑貨も、以前のペスカが好んでいそうな桃色だった。

もしかしたら、二人の新生活のためにあつらえたのかもしれない。そう考えると、どこかさみしい気持ちになった。

それから半刻ほど馬車に揺られ、屋敷に到着する頃に、モモコはちょうど目を覚ました。

「うっうっ……おいじい……ゔっ、うえーん」

すでに目が赤く腫れてしまっているモモコは、泣き止んでいたはずなのに、サロンへ移動するとまたポロポロと涙をこぼす。

ホットケーキを口に運びながらも、モモコの涙は止まらない。泣きながら食べているから、どこか苦しそうだ。

リーベスが手早く作ってくれた三段重ねのホットケーキの上には、既に熱でとろけだしているバターと、たっぷりの蜂蜜《はちみつ》がかかっている。

私が工房にこもっている時、リーベスがよく作ってくれるおやつだ。

「モモコ、大丈夫？」

「あい、どっでも、おいじいです〜〜〜」

食べるか泣くか、どっちかに集中したほうがいいのでは……と思うけれど、どちらにも抗《あらが》えないらしい。

そしてそれは私も同じだ。甘い匂いに誘われて、目の前のほかほかホットケーキにさくりとナイフを入れた。

「うん、今日もとっても美味しいわ！」

ぷつぷつとした気泡があるクリーム色の断面に、琥珀《こはく》色の蜂蜜とバターがじゅうと染みてゆく。

ひと口大にしたそれを口に運ぶと、思ったとおりの温かな甘みに包まれる。塩気と甘さ、どちらも一度に味わえるなんて最高だ。

「良かったです。お嬢様にそう言っていただけるのが何より嬉しいです」

リーベスに笑顔を向けると、とても美麗な微笑みが返ってきた。前髪カーテンがなければ、目をやられていたかもしれないほどの眩しさだ。

「やっぱり、リーベスにはずっと側にいて欲しいわ」

「……俺でよければ、いつまでも」

ぱくぱくと食べ進めながらそう言うと、リーベスは胸に手を当てて腰を折る。

了承してもらえたことで嬉しくなって、ますますホットケーキが美味しい。

「ううう っ、主従尊い……美味しい……ううっ」

嗚咽《おえつ》を堪《こあ》えながらホットケーキを食べつつ、モモコはまたそんな呪文を言っていた。

ホットケーキを食べているうちに落ち着いたのか、食べ終わる頃にはモモコの涙はすっかり止まっていた。

「涙は止まった？」

「はい。ご心配をおかけしました。取り乱して申し訳ありません。なんかこう、ペスカの気持ちがぐわーーーっと急に流れ込んできてしまって」

頭をポリポリと掻きながら、モモコは気恥ずかしそうな顔をする。

「将来を約束してたエリートリーマンから、相談もなしに急に『俺脱サラして田舎でスローライフするから、ついてきてくれるよね？』って言われたようなものだと思ったら、わたしも『はあああ!?』って感情移入してしまって……」

「そ、そうなのね……？」

照れ照れとしながらそう告げるモモコの話は、相変わらずよくわからない。リーマンとか脱サラとか、それもまた彼女がいた世界の話なのだろう。

世界は違っても、ペスカとモモコの気持ちが何かしら共鳴するところがあったがために、感情が増幅されてしまったということだろうと推察する。

「お嬢様、お代わりをお待ちしました」

「ありがとう、リーベス。まだ食べたいと思っていたの」

私の目の前には、リーベスの手によって再び三段重ねのホットケーキが差し出される。

これが本当に大好きで、何枚でも食べられるのだ。

「お義姉様……その細い身体によくそんなに入りますね……!? なんなんですか、人類の夢ですか？」

「いつもはもっと食べられるけど、朝ご飯を先刻食べたばかりだから、このくらいにしておくの。お昼ご飯も楽しみだし」

家にこもりきりの私の楽しみは、工房での魔道具作りと三食のご飯。それに、リーベスのお手製おやつだ。

驚いた顔をしていたモモコだったけれど、涙で潤んだ瞳のまま、柔らかく微笑んだ。

「とても素敵ですね！　わたしも家は大好きだったので、わかります。あ、でも……わたし、もうすぐここから出ていかないといけないですよね。お母様と」

ハッとしたように告げるモモコに、私の方が驚いたような気持ちになる。

そうか。確かに私は彼女たちに、ここから出ていくように言ったのだった。

「あれからずっと話してないですけど、あの人がお母様なんですよね……大丈夫かなぁ」

モモコが〝あの人〟と呼ぶのは、メローネ伯母様のことだ。

「そうね。伯母様はモモコのことはよく知らないものね」

ペスカがモモコになって、まだ少しの時間しか経っていない。

だけど私は、この素直で表情豊かな義妹との生活が、楽しくなっていることに気がついた。

それに、彼女が教えてくれる見知らぬ世界の話は魅力があって、魔道具を作る上でとても刺激的だ。

どうしよう。私の中に、明らかに迷いが生まれている。

「お嬢様」

逡巡していると、リーベスから声がかかる。

「今はあの時とは事情が変わったように思います。ペスカ様とウーヴァ様との婚姻も先がわかりませんし……再考されてもいいかと思います。当主として」

見上げたその瞳は、紅く美しく輝いていた。

◆◆◆

それは、ウーヴァが五歳の時だった。

小さなウーヴァが寝苦しさで夜中に目を覚ますと、部屋は真っ暗だった。

なんとなく寂しくなって、廊下に出る。母親のところへ行こうと思いついたのだ。

(よかった、おかあさままたち起きてる)

両親の寝室から光が漏れていた。

嬉しくなって、足早にその部屋に向かう。声も聞こえてくるから、間違いない。

おかあさま。

そう、声をかけようとした。

「どうしてなのかしら……私が妊娠中に体調を崩したのが原因なんだわ」

「お前のせいじゃない。医者もそう言っていただろう」

「でも！　あんな……あんな〝魔力なし〟で、この先どうやって生きていくというの!?　一族の恥と言われてしまうわ！　ウーヴァは、落ちこぼれのあの子は、貴族としてやっていけないわ……」

「……落ちこぼれ、か」

わっと泣き出した母の肩を、父が抱く。

部屋から聞こえたのは、ウーヴァの話だった。

(おとうさまの声、とってもこわい……それに、おかあさまは泣いてた)

ゆっくりと扉を閉めたウーヴァは、どきどきする心臓を押さえながら部屋に戻った。

ベッドに戻って、タオルケットを頭から被《かぶ》る。

魔力なし。落ちこぼれ。一族の恥。

「ごめんなさい、ごめんなさい……」

きっと、とっても悪いことだ。

ウーヴァの頭の中で、両親の会話がぐるぐると回る。それは、どんな悪夢よりも怖くて、結局明け方まで眠ることはできなかった。


「おやウーヴァ、どうしたのかね」

「おじいさま……ぼく、ぼく……」

翌朝、ウーヴァは祖父の部屋を訪ねていた。

ケルビーニ伯爵家の当主である祖父は優しく、ウーヴァはそんな祖父が大好きだった。髭《ひげ》がかっこいいのだ。

両親や兄と顔を合わせることができずにいたウーヴァは、こうして祖父のところに逃げ込んだ。

「ぼく、どうして魔法がつかえないの？　おちこぼれだと、キゾクとして生きていけないの？　ぼく、おかあさまたちを困らせたくないのに……」

ぎゅうと胸の辺りを押さえながら、ウーヴァは懸命に言葉を紡いだ。

二つ年上の七つの兄は、ウーヴァと同じ五つの時には火属性の魔法を扱えるようになっていたという。

そうして魔法が発現したら家庭教師がつくようになり、魔法を自由に扱えるようになるためにその制御を学ぶのだ。

魔力の診断と発現の時期は異なるため、魔力があると診断されても、その力を使いこなせるようになるまでに時間がかかるケースもある。

――だが、ウーヴァに関してはそうではない。

もともとの魔力量がゼロなのだ。どれだけ待っても、彼が魔法を使えるようにはならないことを、両親は知っていた。

それなのに、当のウーヴァはずっと楽しみにしていたのだ。五歳の誕生日が来たら、六歳になったら……いつかは皆と同じように、魔法を使える日が来ることを。

（だけどぼくは、生まれた時からそのそしつがない魔力なし）

この先どれだけ待とうが、魔法が使える日は永遠に来ないのだ。

「ぼく……ぼく……」

ウーヴァは祖父の足に抱きつくと、ますます涙が溢れて止まらなくなった。ぽろぽろと溢れて、祖父のズボンを濡らしてゆく。

「……ウーヴァ、大丈夫だよ。顔をあげてごらん」

頭に載せられた大きな手が、ウーヴァを優しく撫でる。その心地よさに、ウーヴァは顔をあげた。祖父はにっこりと微笑んでくれている。

「実はこの世には魔道具というものがあってな。魔法が使えない人でも簡単に扱えるように改良している人もいるんだ。私の友人なんだがな。一度、遊びに行ってみるかな？」

「まどうぐ？　ぼくでも使える？」

「ああ。私がウーヴァのために、特注の魔石を用意しよう」

「わあ！　うれしいなあ」

それから数日後、祖父が連れて行ってくれたのは、親友だというベラルディ伯爵の家だった。

「この赤いのが、マセキ？」

「ああそうだよ。ここに魔力がたっぷり詰まっているんだ」

「へええ、キレイだね」

そこで見せられた宝石に似た赤い石こそが、魔石という特殊な鉱石だった。魔力との親和性が高い半透明な鉱石に、人の魔力を詰める。

説明してしまえばそれだけの仕組みなのだが、人の身体を離れると消失しやすい魔力を鉱石に定着させるという工程が、一筋縄ではいかないことにその特殊性があった。

現状では、この技術を持つのはベラルディ家の当主のみと言われていた。

「この孫娘のメーラが筋が良くてなあ。近いうちにこの魔石への魔力定着も習得してしまうかもしれん」

「なんと、それはすごいことだ。まだ五歳だったろう？　うちのウーヴァと同じ年だ」

祖父の友人のベラルディ家当主は、同席した小さな女の子の頭をぽふりと撫でた。

いささか表情は乏しいが、焦茶色の髪と、新緑のような色の瞳が印象的な女の子だ。

「きみはメーラっていうの？　ぼくはウーヴァだよ。よろしくね」

「よろ、しく……」

ウーヴァがにこりと微笑むと、メーラは蚊《か》の鳴くような声で返事をしてくれた。

魔道具を使うためのきらきらの魔石と、メーラという同い年の女の子に出会ったウーヴァは、どこか前向きな気持ちになった。

そしてしばらくすると、その子は祖父たちの働きかけにより、ウーヴァの婚約者になったのだった。

◇

それから十数年の月日が流れても、今は亡き祖父が親友のベラルディ伯爵と共にあつらえてくれた魔石は、その効力が衰えることはなかった。

学園では、勉学に励んだ。マナーも教養もしっかり学んで、魔法が使えないことを補おうとした。

幸いにもウーヴァが〝魔力なし〟であることは周囲に露見しなかった。

貴族なら魔力がある。それが当たり前すぎて、まさか魔力がいない人間がこんな近くに潜んでいるとは誰も思わなかったらしい。

そのことに安心すると同時に、魔石を密かに忍ばせ続けていたウーヴァは、毎日ずっと気が気ではなかった。

今日は大丈夫だった。でも、明日はわからない。

そんな漠然とした不安が、毎日付き纏う。

婚約者のメーラは王都での学園生活を嫌厭《けんえん》し、領地での家庭教師を選択したため学園には行かなかった。別にそれでもいいのだ。

ベラルディ家は特別だから。

「なあウーヴァ。お前、あのベラルディ家に婿に入るんだろう」

「ああ、そうだよ」

「く～っ、いいなあ。あの家、めちゃくちゃ稼いでるのに社交界には顔を出さないし、でも王家にも一目置かれてるんだよなあ」

「……そうだね」

ウーヴァがクラスメイトからそのように話しかけられるのも一度や二度ではなかった。秘匿される技術を受け継ぐベラルディ家は、伯爵位とはいえ、かなり重要な家門であることは間違いない。

「卒業したら、すぐに結婚するんだろう？　長年の婚約者だもんな」

「……」

今はもう三年間の学園生活が最終年の半ばを過ぎた。この春卒業すると、次はメーラとの婚姻が本格的に進んでゆくことになる。

（僕を厄介払いしたいのか、両親はしきりに婚姻を急かしてくる）

それもそうだ。この縁を逃せば、きっともうウーヴァは貴族として生きていくことはできないだろう。

だが、そこまでして貴族という身分にしがみつきたいかと言われれば、もうこの三年間ですっかり疲れてしまった自分もいる。

どうにもならない悩み事が増えてゆく。そうすると、ウーヴァは悪夢に魘《うな》されるようになった。


『……魔力なしだわ。どうして私の子が……！』

赤子を抱きながら、そう嘆いているのはメーラだ。

歳の割に落ち着いていて、これまで兄妹のように友人のように育ってきた彼女は、魔力も豊富で、とても優秀な人だ。

溢れる才能による研究の成果は如実に現れ、現ベラルディ家の当主である彼女の父親よりも優れていることはウーヴァの目にも明らかだ。最も才があると言われていた先代当主をも凌《しの》ぐのではないかと言われていることも知っている。

だがそのせいで、彼女と父親の間には軋轢《あつれき》があった。

彼女の祖父は、自らの息子よりもメーラの方に注力した。メーラ本人は知らないだろうが、現当主はそれを苦々しく思っているのだ。

そんな彼女が、泣いている。

『どうしてこんなことに。落ちこぼれが産まれるなんてっ!』

これは夢だ。ウーヴァはそう何度も自分に言い聞かせる。あの穏やかなメーラが、そんなことを言うはずがない。

そう思うのに、怖くて仕方がない。

魔力がないと、魔道具は作れない。

ベラルディ伯爵家の爵位を継いだ彼女の後継に、その技術が受け継がれることはない。

(ああ。やっぱりダメだ。魔力なしの僕は、彼女の将来を邪魔してはいけない)

飛び起きると、寝衣はぐっしょりと汗に濡れていて気持ち悪い。

貴族にしがみついているからダメなんだ。市井に出て、もうきっぱりと平民になる方が、きっといい。

休暇を使って訪ねたベラルディ家は、いつもと変わらない様子だった。ただ、当主が病に倒れ、先週から寝たきりなのだという。

恒例の婚約者同士のお茶会の際も、メーラはどこか上《うわ》の空だった。

きっと彼女も疲れているのだ。そう思ったウーヴァは、メーラに休むように言付《ことづ》けて散歩に出ることにした。

幼い頃からよく来ていたこの家の庭は、ウーヴァにとってても馴染みが深い。

「まあ、ウーヴァ様、こんなところでどうかしましたか？」

庭園の端で伸びをしていたウーヴァに声をかけたのは、数年前にメーラの義妹となったペスカだった。愛らしく微笑み、ゆっくりと近づいてくる。

「……少し外の空気が吸いたくて。ペスカもお散歩かい？」

「はい。ちょっと休憩を」

「一緒だね」

当たり障りのない返答をすると、ペスカはどこか恥じらうような表情でこちらを見上げた。

「本当はわたし、ウーヴァ様のお姿が見えたので、慌てて駆けてきたのです。……一緒にいても、いいですか？」

頬を染めながら、上目遣《うわめづ》いをする彼女の瞳は、きらきらとしているようで――その奥が濁っている。

(――まるで僕みたいだ)

そう思いながら、ウーヴァは肯定の言葉を返した。

そしてそれから、ウーヴァは時間をみてはペスカと一緒に過ごすようになった。

可憐で表情豊かな彼女が側にいると、打算だとはわかっていても、いつの頃からか心が軽くなるように感じ始めた。

「ウーヴァ、また今度ね。待ってるわ」

「ああ、ペスカも元気でね」

ペスカに笑顔を向けながら、これはメーラへの裏切りだと何度も思った。ペスカのことを操っているのはメローネ夫人だとわかっていた。だが、理由がわからない。

メーラへの嫌がらせだけが目的だとすれば、夫人の目的は達成されることはない。メーラが自分に友人や家族以上の感情はないことはわかっている。

「……メローネ夫人は何か、勘違いしているのかもしれないな」

そこに思い至ったが、特段指摘はしない。利用しようとする者を、反対に利用して手に入れたいものがある。

その目的に向けて動いたウーヴァはあの日、メーラとの婚約を解消する道を選択したのだった。

第五章　満月の日

ベラルディ家の屋敷には、お父様の研究室と化している書斎兼研究室とは別に、当主としての執務を行うための部屋が設けられている。

今日はその部屋に朝からこもり、書類の整理をしながら、リーベスから日課の報告を受けていた。

「リーベス、いろいろと報告をありがとう」

「いえ、お役に立てて光栄です」

伯母様やモモコの様子を含むベラルディ家全体のこと、王都のこと、諸国のことなど、話題は様々だ。

曲がりなりにも当主なので、楽しい魔道具開発の時間が終われば、お仕事もしっかりしなければ。

「メーラ様、こちらで最後です」

「ありがとう。あら、これは……」

「はい。先ほど使者により届けられたようです」

私はリーベスから封書を受け取る。ぺらりと裏返すと、王家の紋章が封蝋《ふうろう》に刻まれていた。

ペーパーナイフで封を切り、中から書を取り出す。

その内容は、『メーラ・ベラルディ伯爵とウーヴァ・ケルビーニ伯爵子息との婚約解消書類を受理した』旨の通知だった。ペスカとウーヴァの婚約についても、諸々の手続きを経て正式に決定したらしい。

「……例の書類ですか？」

「ええ。そうみたい」

リーベスも内容が予想できていたようで、私が読み終わるのを待ってそう声をかけてきた。

私はその書を封筒に戻し、処理済みのカゴに入れる。

（なんだかあっという間だったわ）

あの婚約解消騒動から、長いようで短い一ヶ月が経とうとしていた。

リーベスや爺やたちとも再度しっかり話をして、ペスカことモモコとメローネ伯母様の処遇については、一旦保留という運びになった。

その判断の後押しとなったのが、モモコの世話を任せていたメイドたちだ。

彼女たちも揃ってモモコのことを擁護していた。やはり第三者から見ても、モモコは性善であるらしい。

聞き取りの際、『オシカツを見習いたい』だとか『モエは大切です』だとか、よくわからないことを言うメイドもいて、それはまるでモモコの発言そのものだった。

そんなこんなで、もう暫くの間、モモコたち母娘はこの邸に滞在することになる。

まだ彼女たち二人の関係性がどうなるかよくわからないので、モモコと伯母様の居室は分けたままだ。

あれから本邸に全く顔を出すことがなくなった伯母様は、居丈高な振る舞いが以前よりもおとなしくなったと聞いている。

伯母様担当のメイドは、ペスカのことが相当堪えているようだと言っていた。

「メーラ様、封書がもう一つあるようです」

「え？」

リーベスの指摘で、私は机の上にもう一つ特別な封蝋がなされた手紙があることに気がついた。王家から二通も手紙が来るなんて、とても稀なことだ。

(何かしら。先ほどの封書は予想がついたけれど、他に王家からの用件があったかしら)

私は首を傾げながら開封し、中の書を広げる。

「……」

冒頭から読み進め、そしてそれを私は『処理不要』カゴに投げた。

「よろしいのですか？」

「ええ。全く必要のない書だったわ。返事も書かなくてよさそう」

内容は、婚約者がいないベラルディ家当主に新たな縁談を斡旋《あっせん》するものだった。ウーヴァとの婚約を解消したことで、余計な気を回してくださったらしい。

残念ながらしばらくそういった縁談からは遠ざかりたい。『必要があれば』という書きぶりだったので、必要なければ返答せずともいいだろう。

「どなたからだったのです？」

「第一王子と書いてあったわね。まもなく立太子されると新聞に書いてあったけれど」

「だ、第一王子……⁉　恐れながら、拝見しても？」

「いいけれど……。あらでも、もうすぐ出発の時間ではない？」

腰を折るリーベスの様子を見ながら、私は予定表を一瞥する。

今日から毎月恒例のリーベスのお休みの日だ。彼は決まって月に三日、休暇を取って、屋敷から離れることになっている。

前回この休暇から戻ったのは、まさに婚約解消される前日のことだった。

「リーベスのお休みは今日からだったわよね」

「はい。その予定です。しかし……」

リーベスはどこか怪訝《けげん》な表情をしたまま、カゴを注視している。

「お家の方も貴方の帰りを待っているのでしょう」

家業の手伝いがあると聞いている。毎月きっかりと休暇を取るくらいだから、きっと重要な案件に違いない。

私がそう言うと、顔を上げたリーベスはどこか迷いのある表情を見せた。

「今回はいろいろと気になることがあるので、お嬢様のお側を離れたくないのですが……」

「リーベスは心配性ね。大丈夫よ」

後ろ髪を引かれる様子のリーベスに、私は苦笑しながら言葉を紡ぐ。

これまでずっと続けてきた慣習を、この家の当主が私になって早速途絶えさせるわけにはいかないという妙なプライドもある。

「ね、リーベス」

心配そうな顔をして私を見下ろす彼を安心させるために、彼の右手を取る。

両手で包み込むようにすると、一瞬だけぴくりと指先が動いたが、そのまま私のされるがままになっている。

「……お嬢様。俺がいない間の研究は程々になさってくださいね。睡眠と食事はしっかり取ってください。おやつは適度に。また過労で倒れないようにしてくださいね。それと、俺の休暇中の代わりは、プルーニャが務めますので。それから――」

「ふふ。私はもう成人したのよ？　前みたいに倒れるなんてことはしないわ。夜更かしは、ちょっとはするかもしれないから約束はできないけど」

口酸っぱく言ってくるリーベスに正直にそう答えると、彼は低い声音で「メーラ様？」と私の名を呼んだ。

確認するような、窘《たしな》めるような口調だ。

確かに以前、ずっと工房にこもりっぱなしになって、睡眠不足で倒れていたことがあった。ほんの一、二年前の話だ。

血相を変えて部屋に飛び込んできたリーベスは、その日から一層私の世話に力を入れるようになった。

「わかったわ。そういえば、湯浴み中に寝てしまって貴方を驚かせたこともあったものね。気をつけるわ」

「……っ、そ、そう、ですね」

そう約束すると、彼の頬がぶわりと赤みを帯びる。

その頬に触れようとした手は、リーベスの左手にぱしりと受け止められた。

「とにかく！　無理はなさらないでください。モモコ様とお茶会をするのもいいかと思います。また新しい道具を思いつくといいですね」

「そうね。また作戦会議をしなきゃ」

「――それから、その手紙の件は、また戻ってきてから話を聞かせてください」

「ええ」

真剣な眼差し《まなざ》しのリーベスと話をしていると、扉がノックされた。

顔を出したのは爺やだ。

「うおっほん。そろそろいいですかな？　リーベス、出発の時間だ」

口元に右手を当てて咳き込みながら、爺やの視線はリーベスに向けられている。

掴んでいた私の手をゆっくりと離すと、リーベスは礼儀正しく腰を折った。

「……では、メーラ様。今度こそ行って参ります」

「ええ。いってらっしゃい」

顔を上げたリーベスは、まだ名残惜《なごり》しそうな表情を浮かべつつ、爺やに続いてこの部屋を出て行った。

パタリと扉が閉まると、この部屋にいるのは私だけになった。

外から聞こえる鳥の囀《さえず》りが、いつもより大きく聞こえる気がする。

（リーベスは三日後にはまた戻ってくるのだから、寂しくはないわ）

……そのはず。

彼がいなくなって、なんとなく心細くなった気がして、私はその気持ちを振り払うように首をふるふると振った。

それから午前中は執務に専念し、領民から寄せられた請願書を確認したり、茶会の誘いに断りの手紙を書いたりした。

一仕事終えた私は、モモコを午後のお茶に招待する。

「お義姉様！　誘ってくれてありがとうございます」

「いらっしゃい。モモコ」

相変わらず、モモコになったペスカは人の良さそうなにこにこの笑顔で私の元へと駆けてくる。

人格の入れ替わりという前例のない状況で、一人知らない世界で戸惑いも多かっただろうと思う。

それでも周囲を照らすような彼女の底抜けの明るさは、きっと天性のものなのだろう。

その証拠に、彼女にここまで付き添ってきたメイドたちも、揃って笑顔だ。例の『オシカツ』メイドのカミッラなんて、今日も艶々としたいい顔をしている。

「ここでの暮らしには慣れた？」

ここで数年暮らしてきた、ペスカの容貌の彼女にそう聞くのも不思議な感じがする。

そう思いながら問いかけると、彼女はまた花が咲くように笑う。

「はい！　最初はいろいろ戸惑いましたけど、魔道具も便利だし、カミッラさんもジーナさんも、それに最初は怖いと思った爺やさんも、みーんな優しいです」

「良かったわ」

「……ちなみにあの、爺やさんって、『セバスチャン』って名前だったり……します？」

何故だか声をひそめたモモコは、よくわからない質問をしてくる。

彼の名前はアルデュイノだ。

そう教えると、あからさまにがっくりと肩を落とした。

「爺やの名前の定番なのに……」と呟いているが、きっとこれは、いつもの前世のアレなのだろう。

私も少し、モモコのことがわかってきたように思う。

それに、メイドの名を親しげに呼ぶなんて、以前のペスカからしたら考えられないことだ。

そんなことを考えていると、プルーニャがワゴンを押しながらお茶とお菓子を持って来てくれたようだった。

その様子を見ていたモモコは、不思議そうに首を傾げる。

「あれ？　今日はリーベスさん、いないんですか？」

「ええ。リーベスはいつもこの時期にまとまったお休みを取るの。戻るのは三日後よ」

「そうなんですね。それは、寂しいです……。萌えが不足しちゃう……」

「え？　なあに？」

「いえっ！　なんでもないです！」

彼女の呟きの最後の方がよく聞こえず、聞き返したが、モモコは慌てたように手を振った。

(寂しいと、聞こえたわ。モモコもリーベスに会いたいのかしら)

そう考えると、何故だか息苦しくなったような気がして、それを不思議に思いながら私は、プルーニャが淹れてくれた紅茶を飲んだ。

今日のお菓子はクッキーで、一枚一枚に、白い砂糖で繊細な花の模様が描かれている。

「わあ……すっごく可愛いですねぇ！　アイシングクッキーってやつですね。リーベスさんの置き土産ですか？」

「いえ、これはプルーニャが作ったのよ。彼女は手先が器用なの。刺繍も得意なのよ」

「ええっ!?　あ、いえ、素晴らしいですね……？」

「そうなの。素敵よね」

そばに控える屈強なプルーニャと、繊細なお菓子を何度も見比べているモモコは、小動物のようだ。

明るくて、可愛らしくて、ずっと見ていられる。

リーベスがいない間は少し退屈な気持ちになるのだけど、今回はモモコのお陰でその気持ちも薄らぎそうな気がする。

ふと、窓の外を見上げると、空には白っぽく掠《かす》れた月が浮かんでいた。

「あーっ、明日は満月なんですねぇ。この世界でも、空の感じはわたしの世界と一緒で嬉しいです」

私に倣って空を見上げたモモコは、嬉しそうに声をあげる。

「そうね。この感じだと、確かに明日は満月だわ」

月は、ほとんど丸い形をしていた。この分だと、明日の夜にはきっと満ちる。

「あ、あのお義姉様。この世界の月って、何か棲んでたりしませんか？」

「生き物ということ？　いえ、そんな話は聞いたことがないわ」

急にそんなことを聞かれて、私は目を丸くしてしまう。月に何者かが棲んでいるだなんて、考えたこともなかったからだ。

「そうなんですねえ。異世界だし、もしかしてって思ったんですが」

ちょっとだけ残念、と言いながら、モモコはプルーニャお手製のクッキーに齧《かじ》り付く。

「わたしが元住んでいた国では、月にはうさぎが棲んでいるという謂れがあったんですよお。まあ、作り話なんですけど」

「そうなのね」

「それで、こっちは本当にウサギみたいな生き物が棲んでたりしないかなって思ったんです。魔法だってあるし！」

「可能性は否定できないわね。全てのことに、絶対などないもの」

知らないだけで、もしかしたら月には何者かが棲んでいるかもしれない。モモコのような存在を知ったことで、私の世界が広がったように。

「お義姉様って、なんだかとってもクールですねえ」

モモコの言葉に、私はどきりとしてしまった。ほとんど祖父に育てられた私は、どこか達観していたようで、母にも伯母にも『可愛げがない』とか『こちらを見下している』だとか、そういうことをずっと言われてきた。

モモコにもそう思われてしまったのだろうか。

「……めっっっちゃくちゃかっこいいです、その考え方！　そうですよね、可能性は無限大です！　わたしもそう思います！」

「あ、ありがとう……」

「お義姉様がそんな風に柔軟な考え方だから、魔道具開発もお上手で、皆さんに慕《した》われているんですね！」

私の不安をよそに、モモコはきらきらとした桃色の目を極限まで見開いてこちらを見つめている。

そんな風に前向きに言われたことは初めてで、褒められ慣れていない私は、ただただ紅茶を口に運ぶ。

（――私は、私のままでいいのかしら）

まだドキドキしている。私はこっそりと周りにいる使用人たちの表情を盗み見る。

こっそりのつもりだったのに、彼女たちはしっかりと私を見ていて、パチリと目が合うと、温かく微笑まれてしまった。全員から。

「お義姉様のお手伝い、これからもバシバシやりたいです」

モモコのその言葉に、私は慌ててそちらを向いた。

「私からもお願いしたいわ。あなたが教えてくれるのは面白い道具ばかりだもの」

どちらかというと、これまではポットやライトなど、実用的な道具がメインだった。もちろんそういった道具は必要不可欠ではあるのだけれど、モモコが教えてくれる器具たちは、実用的でいて、とても楽しい。

今はまだ高価すぎて世間一般に流通させるには至らないけれど、お父様が遺《のこ》してくれた素材の知識や今後の魔法回路の省略の研究を経れば、十分市販化できそうなものもある。

「えへへ……わたし、またお義姉様に再現していただきたいものがあるんです。フォンデュができるお鍋なんですけど」

「ふぉんでゅ」

「ええっと、実はもう書いてきていて」

モモコがそう言うと、部屋に控えていたカミッラが素早くモモコの側へとやってきた。その手には、以前から彼女が使っていたスケッチブックを携えている。

カミッラからそれを受け取ったモモコは、ぱらぱらと数枚の頁をめくった。

「こーんな感じで、小さいお鍋があって、ここでチョコレートとかチーズとかを溶かしながら、パンとかに絡めて食べるんですよ」

モモコの絵には、陶器のような素材でありながら、ころんと小振りなフォルムの卓上鍋のようなものが描かれている。

「卓上コンロと鍋が一体化したようなものかしら……でも随分と小型なのね」

この世界にも卓上コンロと呼ばれるものはあるが、かなり大きい鍋に対応するもので、大きくて場所をとる。

こんな可愛らしいサイズのものはなく、使用される鍋もシンプルなものばかりだ。

そもそも、調理器具にデザイン性はあまり求められていなかったのかもしれない。

「色も可愛いのね」

私がまじまじと彼女のデザイン画を眺めていると、嬉しそうな声が横から入ってくる。

「そうなんです。カラーもいろいろあって、赤とか茶色とか……黄色とか深い緑も可愛いんですよ～！　わたしもお母さんと選ぶ時、結構悩みましたもん」

「そうなのね。実用的なものばかりで、こういうデザインにこだわったものはあまり見たことがなかったわ」

「あっ！　そういえば、このちっちゃい鍋で、串揚げもやってました。串に刺したひと口大の具材を揚げて……揚げたてを食べると美味しいんです」

嬉しそうに笑うモモコの中には、それでその「ふぉんでゅ」や「クシアゲ」を楽しんだ記憶があるのだろう。彼女が先ほど言っていた「お母さん」は、きっとメローネ伯母様ではない。

(小さくて多機能な……卓上コンロと鍋が一体化した調理器具)

ざっと眺めて、頭の中で構想を練ってゆく。

カラーバリエーションがある小鍋。これまでにない観点で作り上げるこれは、きっと、素敵なものになるだろう。

既存の大型のものを軽量化し、デザイン性を高める工夫をする必要がある。きっと厨房に参考になるものがあるだろう。それを改良することから始めたらよさそうだ。

「じゃあ、最初の鍋はモモコの色にしましょう。桃色のお鍋もきっと可愛いわ」

「お義姉様、どこまで天使なんですか……！」

「せっかくだから、赤や緑も作ってみましょうね」

「絶対可愛いです！」

「明日、早速取り掛かってみるわ」

「わたしもお供します」

魔道具を製作している間は、何も余計なことを考えずに済む。

この部屋にいつもの従者の姿がないことを寂しく思う気持ちも、魔道具製作に取り掛かれば吹っ飛ぶに違いない。

私は心の奥底でそんなことを考えながら、リーベスがいないお茶会を和《なご》やかに過ごした。

——その夜、私は慣れない事務作業で疲れていたからか、すぐに眠りについた。そのせいか、かなり早い時間に目が覚めてしまった。

窓の外はまだ暗く、昼間に見たほぼ丸い月が、未だ煌々《こうこう》と光を放っている。

（お着替え……ご飯……）

どこか覚醒しきれない頭で、私は呼び出しボタンを押す。ポーンという音が鳴った後、しばらくの静寂があった。

どうしたのだろう。いつもならばボタンを押して、音も鳴らないようなすぐのタイミングで扉が叩かれるのに。

『――メーラ様、お待たせしております。すぐに参りますのでお待ちください』

その女性の声に、私はハッとした。プルーニャだ。

リーベスは今日も休暇中だというのに、いつもの感覚でボタンを押してしまった。

「ご、ごめんなさい。プルーニャ。早すぎたわね。大丈夫、私また寝るわ」

そのことに気がついてしまい、私は恥ずかしくなってしまった。おかげで目もしっかり冴《さ》え渡った。

『いえ、大丈夫でございます。リーベスより承っておりますので。お食事はどちらにご用意いたしましょうか？』

「えっと……お部屋にお願い」

『承知いたしました。まず身支度を整えさせていただきますね』

「ええ」

プルーニャとの通信が終わり、私はとぼとぼとベッドへ戻って端に腰掛ける。

（毎日のことだから、私ったらすっかり気が抜けてしまったのね）

慣れているはずなのに、なぜだか急にリーベスの不在が大きなことのように思えてくる。

（ここ数ヶ月でいろいろなことがあったもの。仕方がないわ）

心の中のざわめきの理由をそう結論づけたところで、部屋の扉がノックされ、プルーニャたちが入室してきたのだった。


いろいろとあった早朝から数時間後にモモコと工房で合流し、新しい調理器具の作成に取り掛かることにした。

モモコは今日も、私が製作する横で絵を描きながら、にこにこと楽しそうにしている。

ちらりと覗くと、「チョコレートフォンデュ」や「チーズフォンデュ」の絵が美味しそうに描かれている。

「とっても美味しそうね」

「へへ。クリスマスとかお誕生日とか、特別な日に食べてました。みんなでわいわい楽しいんですよ～」

「じゃあ、これが完成したら、こちらでもあなたのお誕生日のお祝いができるわね」

「……っ」

何の気なしにそう言うと、モモコはいつもの笑顔をクシャリと歪ませた。

何かまずいことを言ってしまっただろうか。

「お義姉様……こんなわたしでも、お祝いしてくださるんですか」

モモコの声は、絞り出したように小さい。

「？　ええ。あなたが良ければ」

これまでのペスカの誕生日は、共に過ごしたことなどなかった。いつも伯母様と二人で出掛けていることは知っていたけれど、本当に関わり合うことはなく過ごしていた。

「嬉しいです！　とっても楽しみにしています」

泣き笑いのような顔で、モモコは弾んだ声を出す。

その顔を見て、ますますこの魔道具を完成させなければという思いが高まった。

プルーニャが運んできてくれた昼食をとり、その後にまた二人で工房にこもる。

（……よし、始めましょう）

私は心の中で号令をかける。今日もうまくいきますように。そんな願掛けの意味合いもある。

目の前にある熱伝導の良い金属に両手をかざすと、手のひらが眩《まばゆ》く光る。

「わあ～……何度見ても面白いです」

私が魔力を注ぐことによって金属の粒が板になり、鍋に変わってゆく工程を、モモコは目を輝かせて眺める。

「大きさはこのくらい？」

「あ、はい。そのくらいで、深さは……えーっと、串カツくらいだから……このくらいです！」

「わかったわ」

人差し指と親指を尺のようにして深さを測るモモコに頷きを返した。

今回は調理場から拝借してきた大型の魔導コンロを参考に、それを軽量化してゆく形で開発を進めることになっている。

その核となる鍋の部分を丁寧に成形していくと、コロンとした小ぶりの鍋のようなものが仕上がった。

あとはこれをベースに、魔法回路とコンロ部を研究する必要がある。

「……ふう」

私が深く息を吐くと、モモコも集中して絵を描いていた。

この調子だと、夕方には完成できそうだ。

そう思い、また別の素材を取り出した時のことだ。

「メーラ様！　大変です」

工房に、モモコの専属メイドであるカミッラが慌てた様子でノックと同時に駆け込んできた。

お茶の時間にはまだ早い。

「まあ、どうしたの？　そんなに慌てて」

彼女に返事をした私もそうだが、隣のモモコもぽかんとした顔をしている。

続くカミッラの言葉に、私たちはさらに驚いてしまう。

「――ウーヴァ様がお嬢様たちを訪ねていらっしゃったのですが、あの、ちょうどメローネ様と遭遇してしまい……その……」

歯切れの悪い彼女の言葉は、何か良くないことが起きていることを物語っていた。


カミッラに誘導されて着いた先は、庭園だった。

ちょうど門から入ってきてエントランスへ向かうウーヴァと、別邸から出てきた伯母様が庭園で鉢合わせしてしまったらしい。

「ウーヴァ様も事前に来訪の連絡がなかったもので、一度メーラ様にご確認をと思い、庭園を散策していただくことにしていたのです。そうしましたら……」

「いいのよカミッラ。あなたたちが悪いわけではないもの」

足早に進みながら状況を説明する青い顔のカミッラに、私はそう告げる。

まさかここでウーヴァとメローネ伯母様が会ってしまうなんて、誰も想像はできないだろう。

慌てて工房を飛び出した私の後ろには、しっかりとモモコもついてきている。

庭園の花木がどんどん近づいてくるにつれて、罵倒するような女の金切り声が聞こえてきた。

伯母様とウーヴァ、二人の姿もはっきりと見えてくる。

「……この詐欺師《さぎし》！　貴方にはすっかり騙《だま》されたわ！　そんなみすぼらしい身なりで、よくここへ顔が出せたわね！」

顔を真っ赤にした伯母様は、前回同様に平民のような格好をしたウーヴァを激しく責め立てている。

「貴方のせいで！　可愛いペスカもおかしくなってしまったわ。貴方のやったことが、ペスカの心を蝕《むしば》んだのよ！　大した身分もないくせに、よくも娘に近づいたわね！」

久々に彼女の毒の言葉を聞く。

何もかもを人のせいにする。それは私だったり、お父様だったり、使用人だったり。

きっと私たちが到着する前にも、罵倒されていたであろうウーヴァは、ただしっかりと前を向き、その言葉を受け止めている。

「貴方のせいで、何もかも終わりよ……！　わたくしがこれまでやってきたことが、台無しだわ。この責任、どう取ってくれるのっ！」

「――伯母様、いい加減に……」

いくら言っても、腹の虫がおさまらないのだろう。

いい加減に止めようと、ようやく近くまで来た私が声をかけようとした時、メローネ伯母様が右手を振り上げるのが見えた。

危ない、私がそう思った時には既に遅く、その手は振り下ろされていた。

パァンという乾いた音が、いやに静かな庭園に響く。

「な、ペ、ペスカ……?」

「ペスカ、どうして」

私の目の前で、ウーヴァを庇うように立ったモモコが、頬を赤く腫らしていた。

伯母様もウーヴァも、驚愕の表情のまま固まっている。伯母様に叩かれたのは、モモコだった。

「……お母様。そうやって、うまくいかないとすぐに手をあげるのは悪い癖です。ペスカのことも、陰でよくぶっていたでしょう」

ゆっくりと顔を上げながら、モモコの瞳は怒りに燃えていた。伯母様をしっかりと睨みあげ、地を這うような声を出す。

この低い声が、あのモモコから発せられているとはとても思えない。

勢いよく叩かれたからか、頬はどんどん赤みを増してゆく。

「……ずっと、ペスカは貴女の支配下にいました。言われたように振る舞って、一緒になってお義姉様に八つ当たりをして」

噛み締めるように、モモコは言葉を紡ぐ。

(前に、ウーヴァの家に行った時とよく似ているわ)

また以前のように、ペスカの記憶が彼女に混じり合っているのだと、何故か自然とそう思える。

モモコがペスカの心の奥を代弁しているのだ。

「貴女が……お母様がそんなだから……！　あの日、ペスカは絶望で倒れたんです。貴女の願いを、叶えてあげられないからっっ‼」

ぶわり、と。

また彼女の瞳から涙が流れる。

モモコはまた、ペスカのために怒っているのだろう。

一見すると仲睦まじく、結託しているように思えた伯母様とペスカ。だけれど、先ほどのモモコの言葉からすると、こうした折檻《せっかん》をペスカは日常的に受けていたことになる。

伯母様もウーヴァも黙り込み、庭園に静寂が落ちる。聞こえるのは啜《すす》り泣くペスカの声だけだ。

ウーヴァは揺れるモモコに手を伸ばそうとしつつ、何やら逡巡しているように思える。

私はグッと足に力を入れて、モモコに走り寄った。

「モモコ。早く冷やさないと腫れが残ってしまうわ。邸に戻りましょう。カミッラ、ウーヴァを応接間に案内してくれる？　伯母様は別邸にいてください」

「うわあぁん、お義姉様ぁ～！！！」

モモコに駆け寄ると、彼女はようやく縋るものを見つけたように、私に抱きついてきた。

ぐすぐすと泣くモモコにぎゅうぎゅうと抱擁され、私は思わずその頭を撫でる。

(私は、ずっと義妹が――ペスカのことが苦手だった)

可愛い顔をして、私に意地悪をする。でも伯母様やお父様の前では、しおらしく、可愛い妹に徹する彼女が。私の物を奪っていく彼女が。

(でもそれも、ペスカのごく僅《わず》かな一面にすぎなかったのね)

簡単に過去の日々をなくすことはできないけれど、理解はできてきた。

そして今は、モモコだけが私の唯一の家族のように感じている。

「顔を上げて。そう、上手ね。少し触れるわね」

私は彼女の赤く腫れた頬に手を当て、ひやりとした冷気を送ったのだった。

◆◆◆

領地の町外れにある山小屋のような簡素な小屋で、リーベスは横になっていた。

「リーベス、調子はどうかね」

控えめなノックの後、開いた扉から、グレイヘアをきっちりとセットしたベラルディ伯爵家の家令であるアルデュイノが顔を出す。

メーラから『爺や』と呼ばれ親しまれる彼は、リーベスにとっても恩人だ。

「グルル……」

大丈夫です、と返事をしようと思ったのに、リーベスの口からは、そんな獣じみた声しか出なかった。

実際、獣なのだから仕方がないのだが。

「……相変わらず、その姿になると迫力があるなあ。しかしリーベス、これはいつまでも隠し通せるものではないぞ？　私も老い先短い身だ。ずっと守ってはあげられない。……そろそろお嬢様に打ち明けてみてはどうかね」

満月になる前後三日間、リーベスは決まって、この人気《ひとけ》のない場所で過ごす。

普段は人と変わらない見目をしているが、獣人の血が流れるリーベスは、どうしてもこの期間だけは邸にはいられない。

この時期が来ると決まって、黒く大きい狼の姿になってしまうのだ。

「きっと大丈夫だと思うがねぇ」

近づいてきたアルデュイノさんは、ゆっくりとリーベスをもふりと撫でる。

幼い頃から世話をしてくれているこの人には、リーベスも頭が上がらない。

どういう経緯があったのかはわからないが、リーベスはもともとこのベラルディ領より北にある辺境伯領の孤児院にいた。

とある満月の夜。

眠っていたリーベスは、身体中の血が沸騰するかのような苦しみで目を覚ました。

今でも覚えている。苦しみながら見た窓の外には、ぽってりとした丸い月が浮かんでいた。

その視界がだんだんと細くなり、身体中がキシキシと痛む。

苦しくて丸まっていたリーベスは、満月に照らされている室内に、人のものではない影があることに気がついた。

(――襲われる!)

野犬が孤児院に侵入してきたと思ったリーベスは、息苦しい身体に鞭《むち》打って、咄嗟《とっさ》に身を起こす。

体調不良のために隔離されていたことが功を奏したため、この部屋には誰もいない。

逃げなければ。

その一心で、リーベスは部屋を飛び出し、そのまま外に出た。

ふと見ると、野犬の影も並走してくる。

どうやら野犬はリーベスを追ってきているらしい。

それだったら、と、リーベスは孤児院から離れることを決意した。他の子どもを襲わせるわけにはいかない。

（できるだけ遠くに……！）

そこからは無我夢中だった。異様に走るスピードが早いことも、四肢の動きがおかしいことも、興奮していてすぐには気がつかなかったのだ。

ずっと走り続けて喉が渇いたリーベスは、馴染みの沢に立ち寄った。

水面に映るのは、黒い犬。ずっとリーベスが逃げ惑っていた野犬の影と同じ形をしていた。

（これは……俺、なのか……？）

――リーベスはそこで初めて、自分自身が獣になっていることを知ったのだ。

そして初めて獣化してしまった夜、走り続けたリーベスは、いつの間にかベラルディ伯爵家に迷い込んでいた。

そしてそこで、メーラやアルデュイノに出会ったのだ。

「リーベスも大きくなったなぁ」

アルデュイノはいつの間にか、ブラシを手に、本格的なブラッシングを始めた。

確かに出会った頃はまだ仔犬だったが、今では体躯《たいく》もかなり大きくなった。

そのブラシの規則正しい動きに心地よくなり、リーベスはうっとりと瞳を閉じる。

(お嬢様に、このことを告げる……)

貴女が信頼している従者は、実は獣人なのだと、あの優しい人に告げるのか。

獣人は、この国では迫害された歴史のある人種だ。他所《よそ》には獣人の国家もあるが、まだこの国での地位は低いだろう。

リーベスはメーラの反応をずっと恐れていた。

ずっと騙していたのかと、責められてしまったらどうしたらいい。

気持ち悪いと思われるくらいなら、ずっとこのままでいたい。

そんな気持ちが渦巻く。

先日、メーラの元婚約者であるウーヴァが魔力なしで、そのことを長い間隠していたという事実を知った時。

リーベスは『自分と同じ』だと、思った。

だからこそ、ウーヴァの気持ちが痛いほどわかり、なんだか神妙な気持ちになってしまった。

「……そうだ、リーベス。今日は大変なことがあったんだよ」

声のトーンを落としたアルデュイノの様子を訝《いぶか》しく思い、目を開けて首を傾げる。

リーベスが聞いていることがわかったのか、彼は今日の出来事を話し始めた。

「実は……ウーヴァ様が突然いらっしゃってね。細心の注意を払っていたつもりだったんだが、庭園でメローネ様と遭遇されてしまったんだ」

「ぐる?」

なんだそれは。リーベスは横たわっていた身体に力を入れ、上半身を起こした。

「……報告によるとメローネ様が一方的に責め立てていたようだが、そこにお嬢様とペスカ様が駆けつけられた」

アルデュイノは眉を下げながらそう語る。

何故ちょうどリーベスがいない時に、そんなことが起こるのだろう。

やけに甘ったるい香りをさせながら、苛烈な物言いでメーラを責めるあのニンゲンが、リーベスは一番嫌いだったというのに。

（……いや、一番は他にいるか）

心の中で、リーベスはこっそり訂正した。

メーラを何より傷つけていたのは、あの母娘《おやこ》ではない。

彼女の実の父母こそが、メーラの心を蝕む思い出の発端だ。

リーベスが考えている横で、アルデュイノは大きなため息をつく。

「私もちょうど留守にしていてね……。夕食の時にはいつもと変わらないように見えたが、今晩からお嬢様は体調を崩されるかもしれない。プルーニャには言付けてある」

「！」

思わず立ち上がってしまったリーベスだったが、目に映るのは黒いふさふさの足。この姿で駆けつけることはできない。

リーベスのいないところで、メーラが苦しむなんて、あってはいけないのに、この身体がもどかしい。

「……ではな、リーベス。明日また迎えを寄越すから」

「わふっ！」

疲れた様子のアルデュイノが去った小屋で、リーベスはもふもふの大きな身体を丸めて考えていた。

緑の瞳をきらきらさせながら、熱心にものづくりに励む姿。

林檎のような頬をむぐむぐと動かしながら、幸せそうにお菓子を食べる姿。

お嬢様に……メーラ様に、会いたい。

夜が深まり、満ちた月の光に照らされると、その気持ちは余計に大きくなるように感じた。

第六章　大切なもの

身体が鉛のように重い。

体調を崩した私は、あの庭園での事件から二晩も寝込んでしまっていた。

メローネ伯母様に叩かれたモモコの頬を冷やすために屋敷に戻って、それからバタバタとしているうちに、気がつけばふらふらとベッドに吸い寄せられていた。

湯浴みの準備にきたプルーニャが大層びっくりしていたなあという記憶で、そこからはもうずっと寝たきりだ。

時折、モモコが心配して部屋を訪ねてくるけれど、熱があるせいで頭がぼんやりとしてしまっている私は、横になったままでいるしかない。

「お義姉様、お加減はいかがですか……？」

ベッドの側で、モモコは眉を極限まで下げている。

「ありがとう。少し……は良いかもしれないわ」

医師の見立てでは、ただの風邪だという。ただ、いろいろと心労が祟っているのではないかとも言われ、安静を言いつけられている。

「——さあ、ペスカ様。これ以上はメーラ様のお身体に障りますので戻りましょう。メーラ様、お薬を飲んだらまたゆっくりお休みになってください」

「お義姉様、お大事に」

プルーニャに従い、ペスカは名残惜しそうに部屋を去る。

その様子を見送って薬を飲んだ私は、またうとうとと睡魔に襲われることになる。


『さようなら、メーラ。もう二度と会うことはないでしょうね』

——またこの夢だ。

私は当事者でありながら、そう受け止めていた。夢に見るのは、お母様が出ていったあの日の光景だ。

『どうして私の言うことが聞けないの？　少し才能があるからって、私のことを馬鹿にしているのでしょう！』

お母様は眦《まなじり》を吊り上げて怒っている。私は怒られてばかりのダメな子だった。

いつもお母様を困らせて、怒らせて、泣かせてしまう。

『——すまない。今は手が離せないんだ。また今度にしてくれ』

場面が暗転し、今度はお父様が暗闇の中に現れる。

お母様に辛く当たられた時も、伯母様やペスカに何かを奪われた時も、私の話をお父様は聞いてくださらなかった。

本当に書斎からはたまにしか出てこなかったので、お祖父様も爺やも困った顔をしていたことを思い出す。

（――そうだ、私は……）

夢の中で、小さなメーラは部屋で隠れて泣いていた。寂しくて悔しくて、でも、それをどうぶつけたらいいのかわからずにいる。

夢を俯瞰《ふかん》で見ている私は、当事者であるのに、そんな幼い自分を後ろからそっと見ている。

ゆっくり近づくと、小さなメーラはベッドに顔を押し当てて、独りしくしくとシーツを濡らしていた。

お父様は、私を特別虐《しいた》げたわけでも、伯母様とペスカを特段に贔屓《ひいき》したわけでもない。

実子も養子も分け隔てなく、ただずっと、無関心のように思えた。

（ずっと寂しかった。小さい頃は、よく泣いていたっけ）

声を押し殺して泣く自分の姿を見ながら、こんな頃があったな、とどこか遠くに思う。

最近は、そんな風には思わなくなった。

研究と開発に打ち込める毎日は充実していて、リーベスや爺やたち信頼できる優しい人たちに囲まれて。

『……っ、うぇ……っく』

すすり泣く少女に、私はそっと手を伸ばした。

その頃そうして欲しかったように、優しく頭を撫でる。

(大丈夫よ、メーラ。今は苦しくても、楽しい日がやってくるわ)

小さな私が、誰かに触れられたことに気がつき、こちらをゆっくりと振り向く。

涙をいっぱい浮かべた緑の瞳を見ながら、私はとても不思議な気持ちになった。

◇◇◇

「んん……」

苦しい夢を見ている中で、私は額に触れるものの気配を感じてうっすらと瞼を開けた。

部屋はうす暗いが、カーテンの隙間からはほのかに光が見える。明け方のようだ。

ぼやけた瞳と頭で、そんなことを思う。

「……申し訳ありません。起こしてしまいましたか？」

「リー……ベス……？」

「はい。ただいま戻りました」

うす暗い中でも、目の前のその人がリーベスであることはすぐにわかった。

休暇の翌日は昼からの勤務だと聞いていたのに、もしかしたら予定を早めて帰ってきてくれたのかもしれない。

「大丈夫ですか？　随分とうなされていらっしゃいましたが。遅くなってしまい、申し訳ありません」

私の額に、新しく湿った布が載せられる。先ほどの感触は、額を冷やすための布をリーベスが取り替えてくれていたものだったようだ。

「リーベス、おかえりなさい……！」

「……っ、どうされましたか。お嬢様」

彼の存在に安心して、何故だか瞳がじわりと熱くなってくる。

急に泣き出した私に、彼は戸惑っているようだった。

「あの、手を握ってくれないかしら」

そっと手を差し出すと、すぐに彼の両手に包まれる。あたたかで、とても心地がいい。

「……これでよろしいですか？　お嬢様がまたお眠りになるまで、ここにおりますので。安心してお休みください」

ベッドの横にある椅子に腰掛けたリーベスは、そう言って微笑んでくれる。

「ありがとう。絶対よ？　眠るまでそこにいてね？」

「今日のお嬢様は、随分と甘えん坊ですね。——仰《おお》せのままに。ごゆっくりとお休みください。そうだ。絵本でもお読みしましょうか？」

冗談っぽくそう告げるリーベスに、私は安心して笑顔を返した。

先ほどまでの悪夢が少しチラつくけれど、指先から伝わる温もりが、それを溶かしてくれる。

「……ううん。そこにいてくれるだけでいいわ。ありがとう、リーベス。帰ってきてくれて」

リーベスの手を、私も両手で包み込む。

それからその温かな手をゆっくりと引いて、頬ずりをした。大きな手が気持ちいい。

「メ、メーラ様……!?」

戸惑うようなリーベスの声が聞こえたけれど、私はゆっくりと瞳を閉じる。

リーベスが帰ってきた。嬉しい。

確かな安心感に包まれて、三日ぶりに穏やかな気持ちで眠りにつくことができた。

リーベスがそばにいてくれたからか、悪夢に魘《うな》されることもなかった。

◇◇◇

「――メーラ様。ここ二日、あまり食事をとられていないとプルーニャから聞きました。消化のいいスープと、お好きなホットケーキをご用意しました」

何度目かの微睡《まどろ》みから目を覚ますと、部屋には美味しい匂いが充満していた。

リーベスが押してきたワゴンには、深めのスープ皿とホットケーキが載っている。

満月のようにまあるいホットケーキはいつもどおり三段に重なっていて、バターの芳醇《ほうじゅん》な香りとシロップの甘い匂いが同時に鼻腔をくすぐる。

（とっても美味しそうだわ）

ぐっすりと眠ったり少しの間覚醒したりを繰り返しているうちに、なんだか気分も体調もスッキリしたように思う。

身体は正直なもので、途端に胃がぐうぐうと動き出して痛いくらいだ。私はそっと右手でお腹をさする。

リーベスお手製のホットケーキ。もちろん食べないなんていう選択肢があるわけがない。

「食べられる分だけで大丈夫ですよ。急にたくさん食べるとよくありません」

「……でも、お腹が空いたわ」

「まずはスープを。それから、ゆっくり食べていきましょう」

すぐにでもホットケーキにナイフを入れたかったけれど、リーベスは私のために言ってくれているのだから、それを無下にするわけにはいかない。

「わかったわ。ありがとう」

ホコホコと湯気が上がるスープは、これもまた好物の南瓜ポタージュだ。おひさま色のスープをひと掬《すく》いして口に運ぶと、温かく甘く、体にじんわりと染み渡るようだった。

「……美味しい」

「よかったです。顔色も随分よくなりましたね」

「ええ。今ならホットケーキもたくさん食べられそう！」

「たくさんはダメです」

「でも……とってもお腹が空いているのよ？」

「ダメです。胃が驚いてしまいますから」

「……わかったわ」

厳しい顔をしたリーベスは、絶対にお代わりを許してくれなさそうだ。

残念だけれど私はこれ以上の説得を諦めて、目の前にある三枚のホットケーキをゆっくり味わって食べることにした。三枚は大丈夫という判断らしい。

とろけたバターの塩気とシロップの濃い甘み、その二つを受け止めるふわふわのホットケーキ。ひと口食べれば、その美味しさに次々とフォークを走らせてしまう。

「メーラ様。ゆっくりしっかり三十回噛んでくださいね」

「まあ！　私はもう十八歳で大人なのに、ふふ」

幼子を嗜めるようにリーベスが人差し指を天に向けるものだから、私はおかしくなって笑ってしまう。

あれだけ食欲がなかったのが嘘のように、私はリーベスが作ってくれたふわふわのホットケーキをぺろりと平らげることができた。

「リーベス、ごちそうさま。私、貴方のホットケーキがとっても好きだわ」

「お口に合ってなによりです」

大満足で食べ終えると、リーベスは迅速《じんそく》に皿とテーブルを片付ける。

(いろいろと嫌な思い出も多いこの家だけれど、リーベスと一緒に過ごした思い出はとても大切なものだわ)

真面目に働く従者の横顔を眺めながら、私はそんなことをぼんやりと思う。

本当に、リーベスにはお世話になってばっかりだ。

「そうだわ、リーベス。何か欲しいものはない？」

日頃の感謝の気持ちから、私は彼にそう提案した。

一瞬動きが止まったリーベスは、不審なものを見るような目でこちらを振り向く。

「どうしたんですか、急に」

「いつもお世話になっているから、何かお返しできたらなと思ったの。私、結構いろいろ作れるから、魔道具でもいいわ」

「……大丈夫です。俺には必要ありません」

「そんなこと言わずに。魔道具じゃなくても、なんでもいいのよ？」

「――っ」

ガシャン、と大きな音がした。

どうやらリーベスが手を滑らせて、片付け中のお皿がぶつかってしまったらしい。幸い割れてはいないようだけれど、リーベスがこういうミスをするなんて珍しいことだ。

「リーベス、大丈夫……？　本当になんでもいいのよ。うちは蓄えもあるし、貴方へ贈り物をするくらいの甲斐性はあるわ」

皿をまた片付け直すリーベスの背中に、私はまたそう投げかけてみる。私のような若輩者がこの伯爵家の当主を務めていることで心配させているのかもしれないけれど、お祖父様とお父様が作り上げてきた発明品の売却益はまだまだ健在だ。

少し高価なものだって作れるし、購入もできる。

そんなことを考えていると、リーベスの肩がびくりと揺れて、大きなため息までもが聞こえてきた。

「……次からは、俺がいない時には倒れないでください」

リーベスの赤い瞳は、とても真剣だった。

月に三日しか取らない大切な休暇のタイミングで主人が体調を崩したとなれば、責任を感じてしまうのもわかる。

「気をつけるわ」

私も神妙な顔で返事をする。

リーベスはそっと私の方へ近づいてきて、ゆっくりと手を伸ばす。彼の長い指が頬に触れ、親指で目の下をそっと擦られる。

手袋の質感がどこかくすぐったい。

「泣くのもダメです。少し腫れてしまっていますね。食事のあとは目を冷やしましょう」

「……ありが、とう」

魘されながら、私は泣いていたらしい。ぱちぱちと瞬きをしていると、ふとリーベスに顔を逸らされた。

「準備してきます」

そしてそのまま、従者は部屋を出て行く。

リーベスがいなくなると、途端に寂しくなったような気がする。その日は結局そんな調子で、ふわふわとした夢見心地のまま一日がゆっくりと過ぎた。


翌朝目を覚ますと、明らかに体調が良くなっていた。

「よし。身体もすっかり軽い」

私は大きく伸びをした後、食堂に下りて食事をとることにした。

そうすると、ちょうど入り口の前でモモコに出会う。

「あっ、お義姉様！　もうお身体は大丈夫なんですか？」

私を見つけたモモコは、花が咲くような笑顔になる。それから俊敏に駆け寄ってきた桃色の大きな瞳が、私を覗き込んだ。

眉をへにょりと下げて不安そうなその表情から、モモコの気持ちが伝わってくる。

「ええ。ありがとう、モモコも何度も様子を見に来てくれていたわよね」

「はい……心配で……！　でも、お元気になって良かったです」

にこにこと愛らしい笑顔を浮かべるモモコに礼を言って、一緒に食堂に入る。

「早速だけど、今日からまた作業をするわ」

「そうなんですか？　わたしもご一緒したいです」

「もちろんよ。私も助かるわ」

朝食をとりながら、私とモモコは数日ぶりに工房で作業をする約束を交わす。

――そしてそれから半刻後には、私たちはもう工房にいた。

作業が途中になっていたフォンデュ鍋の試作品を完成させることが今日の目標だ。

「ふんふ～ん。推し～萌え～」

工房で作業をしながらふとモモコを見ると、また楽しげに絵を描いている。謎の鼻歌まで歌って、随分とご機嫌だ。

（オシとモエ。モモコがよく使っている言葉だわ。……あら？）

そんな分析さえできるようになった私がモモコを見ていると、ふとその顔に違和感を覚えた。

「モモコ、その傷は何？」

その白い頬に、うっすらと赤い線のようなものが見えたのだ。

突然の問いかけに驚いたらしいモモコは、慌てて紙を隠すように腕で覆うと、困ったように私を見上げる。

「ふえっ！　あっ、いえ、えーっと、これはあの時お母さまの爪がぶつかったみたいで、えへへ」

頬を叩かれた時に、メローネ伯母様の爪が引っかかり、傷になってしまったという。

「まあ、あの時の……」

「わたしも気がつかなかったんですけど、全体の腫れが引いたら傷になってて。ウーヴァさんに言われて気がつきました」

「そうなのね。痛くはない？」

「はい。ほとんど痛くないので大丈夫です。爺やさんにもよく効く軟膏《なんこう》を出していただきましたし、そのうち消えますよ〜」

えへへ、と笑うモモコを暫く見つめる。

そこまで深い傷ではなさそうだから、時が経てば消えてしまうだろう。その点は安心だ。

「……メローネ伯母様は、その、よくペスカを叩いていたのかしら？」

あの日聞けなかったことを、私は尋ねる。

モモコの言葉を借りれば、そのようなことを言っていたように思う。その時はバタバタとしていて、しかもそのあとは他でもない私自身が体調を崩してしまったものだから、その答えをずっと聞けずにいた。

「……そう、ですね。記憶によれば。この屋敷に来てから、何かとお義姉様と比較しては叱《しか》られていたみたいです」

「知らなかったわ。伯母様はいつも私の前ではペスカのことを褒めていたから」

「うーん、そういうのもあって、ペスカはいろいろと捻《ねじ》れちゃったのかもですね……って、まあ、わたしのことなんですが」

寂しげに笑うモモコの表情に、かつてのペスカの姿を重ねる。

私は義妹という存在が苦手だった。

いつもどこか高慢で、それでいて甘えた仕草で、でも狡猾《こうかつ》で——

それでも母親がいて、その人から一身に愛されているように見えた。

もしかしたら、そんなところが羨《うらや》ましかったのかもしれない。綺麗なドレスを着てクルクル回ると「可愛いわ」と褒めてくれる唯一無二の存在がいることが。

ペスカも寂しかったのかもしれない。歪な家族の中で、私と同じように。

そう思うと、これまでのことが、少しだけ違って見えるような気がした。

「そういえば、モモコはあれからウーヴァと会って仲直りでもしたの？　あの時は結局バタバタ帰ってもらうことになったと思ったけれど……」

いろいろと考えていたら、先ほどのモモコの言葉に少し引っかかりを覚えた。

さっき彼女は、頬の傷のことをウーヴァから指摘されたと言っていた。そんな話ができるような距離で、二人が話したということだろうか。

そしてそれは少なくとも、すぐに解散したあの日ではない。

「私が寝込んでいる間に、ウーヴァが訪ねてきたのかしら？」

「……っ、お義姉様ってば名探偵ですね〜〜〜！」

首を傾げながらそう問うと、何故だかモモコは顔を真っ赤にして恨めしそうに、そう叫んだ。当たりのようだ。

「……ウーヴァさんはあの日は『日を改める』と言って帰ったんですが、翌日に再度訪ねていらして。でもお義姉様が倒れられてお辛そうだったので、わたしが対応していました。勝手なことをしてごめんなさい」

どことなく目を揺らしながら、モモコがそう説明してくれる。

本当はあの日も、ウーヴァは何か急用があって訪ねてきたのだろう。だけれど、運悪くメローネ伯母様と鉢合わせしてしまい、それが叶わなかった。

その後体調を崩してしまったのは私が悪い。ただ、ウーヴァも事前に来訪を伝えておくなどの手段もあったわけなのだからとも思ってしまう。

「ありがとう。モモコ」

礼を言うと、モモコはふるふると首を左右に降った。

「わたしもウーヴァさんに以前のことを謝りたかったので、この機会にと思いまして！　そう思って謝ったら、ウーヴァさんの方も謝ってくれて……なんというか、爺やさんが止めるまで、二人でずっとお互いに謝り合っていました」

応接間でぺこぺこと頭を下げ合う二人。

以前だったらきっと想像もつかなかった状況ではあるけれど、今となっては容易に想像がつく。

「そう……。それでどうして、モモコはウーヴァの絵を描いているの？」

先ほどは、男女二人の人物画のようなものがちらりと見えた。モモコは時折、こういった絵を描いている。なぜかよく隠しているけれど。

「ぶえええええ!? えっ、なっ、お、お義姉様、みみみみ%#€¥$!?」

私の問いかけにモモコは、ガタリと机に手をついて勢いよく立ち上がった。

耳まで真っ赤に染め上がり、悲鳴のような奇声のような声をあげている。

立ち上がったせいで先ほどよりもよく見えるようになった彼女の手元の紙の中で、金髪を揺らすウーヴァのような人物がふんわりと微笑んでいた。

「ちちちち、違っ、こここっ、これは推しのファンアートですから！　けけけ、決して、ウーヴァさんではありませんっっっ」

「オシ」

「はいっ、そうです、推しですからーーー！！　ウーヴァさんではないですので！　解釈違いです！！！！」

ばばばば、と音がするくらい俊敏な動きで、モモコは絵を書いていた紙をめくる。

そのせいで、先ほどからちらちら見えていた微笑みのウーヴァの姿は、全く見えなくなってしまった。

その姿形と金髪の造形がどうもウーヴァのように見えたため、てっきり本人を描いているものだと思っていたけれど、違ったようだ。

(私がフォンデュ鍋を作っている間、にこにこと楽しそうに笑顔を浮かべながら絵を描いていたモモコはとっても可愛いかったわ)

楽しそうに、時折謎の笑い声を挟みながら作業をしているモモコがちらちらと見えていた。それをとても微笑ましく思っていたのだ。

私に、誰かを『可愛い』と思える気持ちがあったことを再認識させられた。

「私の勘違いなのね。ごめんなさい」

オシという概念はわからないが、彼女が言うオシという存在がウーヴァに似ていることはなんとなくわかった気がする。

「ほっ、ほんとに違いますからね!?　ウーヴァさんのことを、そんな怪しい目でなんて見てませんから」

違いますから、と何度も念を押すモモコに謝って、私は作業に戻る。

オシ。

とっても好きなもの、という意味なのだろうか。

作業をしながら、私は少し考え事をする。

「……ねえ、モモコ。あなたって、絵ならなんでも描けるの？」

可愛い、という単語で懐かしい記憶を思い出した私は、モモコにそう問いかけていた。

私の思い出の中にある、唯一の可愛いもの。小さい頃、うちの庭に迷い込んだ小さな命。

「よっぽど複雑じゃなければ。何度も言いますけど、これはウーヴァさんじゃないですからね！」

警戒させてしまったのか、モモコは私から隠すように紙を厳重に抱きしめてしまった。

相変わらず顔は赤く、瞳は潤んでしまっている。

「あのね、仔犬の絵を描いてもらいたいの。黒くて小さくて、お目目がまん丸で可愛い子」

そんなモモコに苦笑しつつ、私はそうお願いした。

快く承諾してもらい、それからお互いに黙々と作業をすること小一時間ほど。

「できた！」と声をあげたのは、私とモモコがほとんど同時だったように思う。

私は顔を上げて、モモコに声をかける。

「モモコ、できたわ。例のフォンデュ鍋よ」

「お義姉様、わたしもできました！　ふわふわ仔犬ちゃんですっ」

少し興奮しながら、お互いに完成品を得意げに見せ合う。

私の手元には、桃色のコロンとした、形をした陶器のような見た目の小さな鍋。

下のコンロ部分とはかっちりと底が噛み合うようになっていて、温度調節のためのつまみもつけた。

これで、焦げやすいらしいチーズフォンデュやチョコレートフォンデュを適温で楽しむことができるはずだ。

微力ながらも、ほとんど全ての属性の魔法を扱えるのは、ベラルディ家の血筋と言えるものだろう。

そしてモモコが掲げる紙の中には、あの仔犬がいた。丸くてふわふわで、つぶらな瞳の可愛いあの子だ。

「モモコ、すごいわ。あの子ね……！」

「ええっ、お義姉様すごすぎです！　お鍋めちゃくちゃ可愛い～！　やっぱり最初はチョコからにしますか!?」

お互いの作品を見て褒め合っているところに、工房の扉がノックされる音がする。

時間的に、きっとリーベスだろう。

「どうぞ」

「失礼いたします。お茶の時間にいたしませんか」

声をかけると、やはりリーベスの返事がある。

そして扉を開けた彼の元へ、私はモモコが描いた絵を持って一目散に駆け出した。

「ねえ見て、リーベス！　可愛いでしょう？　モモコが描いてくれたの。私が小さい時に、ちょっとだけお世話した仔犬なの。あなたにも見せたくて」

「……！」

「黒い毛がふわふわで、赤いお目目がまん丸で。お芋をたくさん食べたのよ」

驚いたような表情のリーベスに構わず、私は話し続ける。

あの仔犬と出会ったのは、リーベスがこの屋敷に来る前のことだ。

庭園で見つけた小さな黒い仔犬は、ちょっとだけ汚れて震えていたけれど、洗って乾かしてあげると、すぐにふわふわになった。

そして、その頃からメイドをしていたプルーニャが持ってきたふかし芋を、はぐはぐと勢いよく食べたのだ。

とても可愛く、初めてに近い我儘を言って、夜も一緒に眠った。

お父様にも勇気を出して話をして、飼うことができるようにといろいろ考えた。だがその仔犬は、一週間もしないうちにいなくなってしまったのだ。

既に家を出て行ったお母様と、書斎にこもりきりなお父様。

一人で過ごす私の寂しさを埋めてくれる、とても素晴らしい存在だった。だから、いなくなった時は、たくさん泣いた記憶がある。

「……リーベス？」

嬉々として彼に絵を見せた私だったが、リーベスから返事はない。

いつもだったら、「可愛い絵ですね」とか「素敵ですね」と言ってくれるはずなのに、彼はその絵を凝視したまま固まっている。

「あっ！　なんかこの仔犬ちゃんって、リーベスさんと感じが似てますね。髪の毛が黒いところとか、目が赤なところとか」

「そう言われるとそうね」

明るいモモコの言葉に、私は相槌《あいづち》を打つ。意識はしていなかったけれど、真っ黒な毛並みとまん丸の赤い瞳は、リーベスの持つ色と同じだ。

「っ！」

リーベスの方をまじまじと見ると、彼は手に持っていた焼き菓子を床に派手にぶち撒《ま》けてしまった。

「……申し訳ありません、取り乱してしまい……」

「いいのよ。もしかしてリーベスは、犬が苦手だったのかしら？」

「ああ〜、そういうこともありますよねっ！　わたしの友だちも、小さい頃に放し飼いにされてた犬に追いかけられたとかで、仔犬さえ苦手でしたもん」

三人で、すっかり割れたり欠けてしまったクッキーを拾い集める。

今はすっかりいつもの表情だけれど、完璧に仕事をこなすリーベスが、こんな失敗をする姿を見たのは初めてで少し微笑ましくも思える。

「もふもふわんこ、わたしは飼ってみたかったんですよね〜。ずっとマンション暮らしだったから」

最後のかけらを拾い上げたモモコは、にこにこと楽しそうだ。

「そうね、私も飼いたいと思ったけれど……」

犬の姿絵だけで固まってしまうということは、リーベスは相当な犬嫌いに違いない。

絵にびっくりするほど苦手なら、実物はもっと苦手だろう。

諦めようかしら、という気持ちでリーベスを見ると、彼の赤い瞳も私の方に向いていた。

「――メーラ様は、犬が飼いたいんですか？」

どこか硬さのあるリーベスの声に、しゃがんでいた体勢から立ち上がった私は、ちらりとモモコの絵を見て答える。

「昔のことを思い出したら、飼いたくなったの。あの時、すごく幸せな気持ちだったなあって。本当に、とっても可愛かったのよ？　噛んだりもしなかったし、とってもお利口さんだったわ」

「……っ、そうですか」

「でも大丈夫よ。リーベスが苦手なら、無理は言わないから」

なんとなく、しゃがんだままで私より低い位置にいるリーベスの頭に手を伸ばして、ふわりと撫でる。

どことなく寂しそうな目をしていたように思えたから。

「……勝手ながら……他の犬は、飼わないで、欲しいです」

顔を伏せてしまったリーベスの表情は見えない。

だが、途切れ途切れに呟く声は、確かに聞き取ることができた。

「ええ、わかったわ」

嫌がられないのをいいことに、私はリーベスの髪をまた撫でた。いつもは私よりもかなり高い位置にある彼の頭を、こうして見下ろすのは珍しいことだ。

どことなく満足感が生まれて、彼を安心させるように何度も撫でる。

「……こっ、これは……名作の予感……！！」

そんな私たちの傍では、新しい紙を手にしたモモコが、鬼気迫る表情で何やらガリガリと書き殴《なぐ》っている。

ゴーグルと前髪のカーテン越しではあるけれど、実に楽しそうに見える。

「メーラ様、大変申し訳ありません。お茶請けを台無しにしてしまいまして」

「もったいなかったけれど、きっと鳥さんが食べてくれるわ。そうだわ、せっかく完成したのだから、このフォンデュ鍋の試運転をしてみましょう」

眉を下げるリーベスを宥《なだ》めていたら、我ながら妙案を思いついた。お菓子はダメになってしまったけれど、私の手元には出来立ての魔道具がある。

「動作確認もしてみたいから、厨房に行ってもいいかしら」

私のその提案で厨房に移動することになった私たちは、料理長にお願いしてチョコレートフォンデュ用の材料を用意してもらった。モモコ監修だ。

暫くすると、しゃっきりと立ち上がったリーベスだったが、どうもまだ様子がおかしい。

なかなか私の方を見ようとはせずに、目が合ってもふいと逸らされてしまう。

今も、少しだけ私と距離を置いた彼は、窓際でそっと私たちを見守っているような形だ。

「わあ〜！　お義姉様、いい感じにチョコがとろっとろですよ！」

「本当だわ。焦げついてもいないみたいだし、ちょうどいいみたいね」

刻んだチョコレートを鍋部分に入れて起動のための魔力を込めると、フォンデュ鍋はほんのりと温かくなった。

チョコレートがちょうど気持ちよく溶けて、それでいて焦げ付かない温度――それが動作ボタン一つで調整できる。

串に刺さった苺などのフルーツや、角切りにされたパンが並ぶ中で、モモコはほくほく顔で鍋の中を覗き込んでいる。

用意してくれた厨房の料理人たちも、興味津々《しんしん》といった様子でこちらを見ている。

「チョコが滑らかになったら、こうして、串に刺さった苺とかをこの中にどっぷり浸けるんです」

モモコは苺の串を手に取ると、それをそのままチョコの中に差し入れた。軽く捻るようにして持ち上げると、苺はしっかりとチョコを纏っている。

「それでこれをひと思いに、がぶりです！　……！　美味しいい〜」

苺を口に入れたモモコは、頬に手を当てながら蕩《とろ》けるような笑顔を見せる。

その笑顔に惹かれて、私も苺の串を取った。順番に、全部の種類を食べるのだ。

「ほんと……、美味しいのね、これ」

口に入れると、まずは温かいチョコレートの甘さを感じる。そして、苺を噛むことで、さわやかな酸味が広がり、またすぐに次のものを食べたくなる。

デザートといえば、完成された焼き菓子といったイメージしかなかった私だが、モモコが食べたがるものはどれも、作る楽しさがある。

テーブルマナーうんぬんを考えれば、溶けたチョコにそのままフルーツやパンを浸けながら食べるなんて、今まで考えられなかったことだ。

「パンもまたいいんですよねぇ～、じゅわっとチョコがしみて……うーーん、やっぱり最高でふ！」

「まあ、それも美味しそうね」

「皆さんも食べましょう！　チョコフォンデュはわいわい食べるのがいいんですよぉ」

モモコの誘いに戸惑う料理人たちは、私の方をちらりと見た。確認の意味があるのだろう。

主人と使用人が一つの鍋を囲むだなんて、通常ならありえないことだ。

でもそれは、モモコの感覚とはきっと違うのだ。それに倣うのは、開放的でとても楽しい。

「そうね。これは試作品なのだから、皆にも食べてもらいましょう。それでもっと、美味しくなるわ」

「では、失礼します。メーラ様方」

「ポンペルノさん！　ずるいですよ、俺もっ！」

私がそう告げると、料理長を筆頭として料理人たちは、我先にと串を手にした。その光景が、微笑ましく思える。

思い思いに串に果実やパンを刺し、チョコレートの沼に浸ける。それを口に運んだ後の恍惚とした表情が、全てを物語っている。体験型の甘味とは、今までになかった概念だ。

（リーベスはもう食べたかしら）

わいわいとしたその雰囲気に浸りながら、私はリーベスが先ほどまで立っていた場所を見る。

「あら……？」

さっきまでそこにいたはずの彼の姿は、いつの間にかなくなっていた。

リーベスはどこに行ったのだろう。

賑わう厨房では、モモコを中心に、みんなチョコレートフォンデュに夢中だ。

まだリーベスは食べていないはずだから、ぜひ食べて欲しいと思ったのに。

キョロキョロと見回すが、やはりそこにあの馴染みの黒髪はない。

「メーラ様、どうしましたか？」

「リーベスの姿が見当たらなくて。さっきまでいたと思ったのだけれど」

近くにいた料理人の一人が、私の様子を見かねて声をかけてきたため、私はリーベスの姿を探していることを告げる。

「リーベスさん……？　あれ、さっきまでいましたけどね……？」

「あ。俺さっき、その裏口から外に出ていくのを見ましたよ」

一人は私と同じくリーベスの姿を見失ったようだったが、別の料理人が指を差しながらそう教えてくれた。その方向には、裏口の扉がある。

（爺やにでも、呼ばれたのかしら。それとも体調が悪いとか）

彼が私の側を離れる時、こうして何も言わずにいなくなるのは稀だ。何故か気になって仕方がない。

「そう。ありがとう、助かったわ。じゃあ私はリーベスを探しにいくわ。ここは任せていい？　火加減には気をつけてね。つまみの火力は最大にしないように」

「はい、わかりました！」

ぺこりと頭を下げる料理人にそう言って、私は裏口から外に出た。

あまり来たことがない場所ではあるが、全く知らないわけではない。

表の庭園とは違って、少し生い茂った樹木があるこの場所は、風が気持ち良い。

思うままに建物の壁づたいに足を進めて、角を曲がったところで、見慣れた後ろ姿を見つけた。

声をかけようとしたところで、私はそこにリーベス以外の人がいることに気がついた。

青空の下ではためく真っ白なシーツの前で、リーベスは誰かと会話をしているようだった。

「リーベ……」

(あれは……カミッラだわ)

モモコ付きの侍女でもある彼女は、いつも明るく、笑顔が素敵な女性だ。

そんなカミッラが、満面の笑顔でリーベスと話している。

角から足を踏み出して、彼らの名前を呼べばいい。簡単なことだけど、金縛りにあったように声も足も出ない。

ただ、視線だけは彼らに釘付けになって、食い入るように見つめてしまう。

二人は私が見ていることなんて、全く気がついていない。

カミッラは何か言いながら笑って、リーベスの胸元をべしべしと叩いていて。

その時ちらりと見えたリーベスの横顔は、いつものきりりとした大人びた表情ではなく、どこか気を抜いた、柔らかいものに見えた。

(……っ!　……??)

どくり、と心臓が嫌な音を立てた。

それが何かはわからない。だけど、この場にいるのは嫌だと思った。

急いで厨房に戻ると、ほっぺにチョコレートをつけたモモコが、両手に苺の串を持って私の元へと駆けてきた。

「お義姉様、早く早く！　なくなっちゃいますよ～！」

「……ふふ、ありがとう。モモコ、頬が汚れているわ」

その様子に安堵しながら、なんとか心を落ち着かせる。

あれは、なんだろう。そして、私の心の中のこのぐるぐるとした、焦燥感に似た気持ちは、一体なにかしら……？

「へへ、ありがとうございます～」

モモコから苺の串を一つ受け取って、空いた手で彼女の頬を綺麗にしてあげると、彼女はくすぐったそうに微笑んだ。

◇◇◇

チョコレートフォンデュを堪能した日から一週間が経った頃、桃子は首を捻った。

（んん～？）

何かが、おかしい。桃子がそう気付いたのは、義姉のメーラが作ってくれたフォンデュ鍋で、今度は昼食にチーズフォンデュを楽しんでいた時だった。

とろりと蕩けるチーズに、軽く炙《あぶ》ったパンをつける。口の中に入れると、まろやかな塩味がじゅわりと広がって、とにかく美味しい。

鍋から串を持ち上げた時に、恒例のびよーんと伸びるチーズの様子もまた素晴らしい。

全くもって仕組みはわからないが、メーラの作ったこの鍋は、とにかく完璧だ。

「最高に美味しいです～～」

桃子がはふはふしながら次々に粉吹き芋や腸詰めなどを口に運ぶ間に、目の前のメーラも優雅に食べ進めている……のだけど。

桃子がメーラの後ろにちらりと視線を向けると、いつもどおりに黒髪のリーベスが凛とした表情で控えている。

この主従の尊い光景はいくらでも見ていられるし、お代わりだってしたいくらいなのに、そんな二人の様子が、この前からどこか変なのだ。

「チーズのフォンデュも美味しいわね」

儚げに微笑むメーラは、どこか覇気《はき》がない。

「……でしょう！　チョコとチーズは、二大フォンデュなんです！　このお鍋だったら、串揚げもできそうですね」

「あらあら、もう次のお料理なの？」

「ええ！　お義姉様のおかげで、なんだって再現できそうで最高です」

「まあ」

くすくすと笑ってくれるけど、その表情には影が差しているように思う。

（んー？　んんーー？）

いつもなら必要以上に甲斐甲斐しくお世話を焼いていたはずのリーベスも、メーラの隣に座るようなこともせず、ただじっと立っている。

やっぱりおかしい。この前まで、お代わりが欲しいくらいにべったり最高の主従だったはずなのに、二人の間には見えない壁があるように思える。

（どうしたんだろう）

そう思いながら、桃子はまた次の串へと手を伸ばす。心配ではあるけれども、食欲には抗えない。

桃子は二人の様子を注視しつつ、どんどんとチーズフォンデュを食べ進めた。

「お義姉様！　お茶でもいかがですか。わたしのお部屋で」

食後、桃子は思い切ってメーラを部屋に誘ってみた。この家はメーラのものであり、居候の身であるのに変だけれど、そんなことは言っていられない。

尊い主従には、いつも見つめ合っていてもらわないと困るのだ。桃子の生き甲斐なのに。

「ええ、いいわよ」

「二人っきりでお話ししたいです。相談もあって……」

桃子はちらちらとメーラの顔色を窺う。今日は研究をしていないため、いつものゴーグルはしていない。長い前髪は流すように耳にかけている。

「わかったわ」

メーラが快諾してくれたため、桃子は人払いをして二人きりになった室内で、まじまじとメーラの様子を見つめる。

物憂げな表情を浮かべるその人は、なんというか、前よりも色っぽいような、そんな印象を受けた。

「……あの、お義姉様」

意を決した桃子は、メーラにおずおずと話しかける。

こちらを向いてくれたメーラは、首を傾げながら桃子の言葉の続きを待っているようだ。

（くうっ可愛い……！　儚げなお義姉様も素敵……！）

桃子は心の声がまろび出ないように気をつけて、一度咳払いをした。息を吐くように騒いでしまうのは前世からの悪い癖だ。

「こほん。あのその、お義姉様とリーベスさんって喧嘩でもしましたか？」

「っ！」

わたしの問いかけに、お義姉様はわかりやすく肩を震わせる。やっぱり何かあったみたいだ。

少しだけ俯いていたお義姉様は、顔を上げてわたしのことを真っ直ぐに見た。

「その……えっと、私が悪いの。リーベスの顔をしっかりと見ることができなくて、素っ気ない態度をとってしまって」

「え？　お義姉様がですか？」

「少し前に、彼が他のメイドと……カミッラと楽しそうに会話をしているのを見てから、私の身体がおかしくて。リーベスを見ると、このあたりがこう、ぎゅっとなって」

「…………！」

メーラが心臓のあたりを手のひらで押さえる様子を見て、桃子は絶句した。

慌てて両手でしっかりと、自分の口に栓をする。だって今口を開いたら、叫んでしまいそうだ。

（尊すぎぃぃぃぃ！！！！　何これ何これ、お義姉様可愛すぎやしませんか⁉　リーベスさんと話してたカミッラさんっ、何やってくれてんですかぁぁぁーーーでもグッジョブぅぅぅぅ！！！！）

純白をさらに漂白したかのようなメーラの混じりっ気のない可愛らしさに、桃子は目眩を覚える。その「心臓のぎゅっ」は、かつても桃子にも覚えがある。

あの、推しにそっくりなあの人が微笑みかけてくれた時――って、今はそんなことはどうでもいい。

「……私の身体、どこかおかしいのかしら」と不安げなメーラを、まずは愛でなければという謎の使命感すら湧き上がってくる。

すーはーと鼻息荒く深呼吸をして、桃子は叫んでしまいそうな自分をなんとか落ち着かせる。

（落ち着くのよ桃子。二次創作が具現化したからって、溶けてる場合じゃないわ）

モモコは既にこの伯爵家の女主人であるメーラとその従者リーベスを題材にした尊い主従の薄い本を書き上げていて、侍女のカミッラやプルーニャにも布教済みだ。

カミッラは〝こちら側〟の人間なので、その点は安心なのだが、その辺りをかいつまんでメーラに伝える語彙力が不足している。

「お義姉様、落ち着いて聞いてください」

興奮を抑えようとするせいで、無駄に低い声が出てしまった。まるで患者に病状を伝える医者のようだ。

「その胸の痛みは、病気ではありません。まあある意味、病ではありますが」

「まあ、そうなの？」

びっくりした顔で桃子を見つめるメーラの無垢《むく》な緑の瞳が眩しい。尊い。天使。

既にこの世界では成人しているはずで、この伯爵家の当主であるメーラなのに、その辺りの知識は全くないらしい。

前世で知識だけは浴びるように得てきた桃子とは違って、穢《けが》れなき魂だ。泣ける。好き。

桃子は再度自身を落ち着かせるように大きく息を吸って、それから時間をかけて吐いた。その後、ようやく口を開く。

「――それはずばり、恋の病です！」

どこかふわふわした気持ちになりながら、桃子は興奮のまま高らかにメーラに伝説の病の名を告げたのだった。

第七章　変化

「へ、変じゃないかしら。なんだか視界が変よ。眩しすぎるわ」

「ぜーんぜん変じゃないですよ！　とっても可愛いです～。ね、プルーニャさん！」

鏡の中の私は、まるで違う人物のようだ。モモコの提案で、私はなぜか前髪を切ることになった。

切り揃えられた前髪のおかげで、自分の顔がここまではっきりと見えるのはいつ以来だろう。

背後には得意げなモモコと、満足そうなプルーニャがいる。

プルーニャの手には、今の今まで使っていた鋏《はさみ》がしっかりと握られている。

恋の病になったら、女の子には可愛くなる魔法がかかるなどと言っていたけれど、その意味がわからない。

ただ、私の緑の瞳が、誰の目にもはっきりと見えるようになったことは確かだ。

「やっぱり、お義姉様は絶対美少女だと思ってたんですよ……。わたしのセンサーに間違いはありませんでした」

腰に手を当てているモモコは、うんうんと頷きながら鏡の中の私をじっと見ている。

もともと、眉のあたりで切り揃えられているモモコの前髪と、同じような見た目になった気がする。

それに今日は、いつも着ている作業着用のくすみ色ワンピースは取り上げられ、よそ行きのような可愛らしい若草色のものを着せられている。

朝からやけに気合いの入ったメイドたちとモモコに押されて、あれよあれよと押し切られて今に至る。

「……恥ずかしいわ」

なんだか気恥ずかしい。視界があまりにも変わってしまったことに加え、普段は着ない服に袖を通して、どこかそわそわと落ち着かない気持ちになる。

「んんっ！　恥ずかしがるお義姉様もとても良きです……」

羞恥心から私がそう呟くと、モモコは咳払いをして、ごにょごにょと何かを言っていた。

そんな彼女を不思議に思いつつ、私はもう一度、鏡の中の自分に視線を向けた。

お母様と同じ緑の瞳と、お父様に似た濃い茶色の髪。そしてその少女は、心許《こころもと》なさそうにこちらを見返している。

いつも自分の顔はあまり見ないようにしていた。どうしても、両親のことを思い出してしまうから。

「じゃ、わたしはリーベスさんの待てを解除してきまーーすっ」

鏡を注視していたら、モモコはぴしりと額に手を当てて、何かのポーズをしたかと思うと扉へと駆けてゆく。

「！　モモコ、あっ、ちょっと待って」

素早いモモコを止めようと慌てているわたしは、鏡の中の少女の頬に赤が差すのが確かに見えた。

伸ばした手が空を彷徨《さまよ》う。モモコはリーベスを呼んでくるつもりらしい。

（ど、どうしましょう……？）

リーベスと会うのは毎日のこと。なのにやけに緊張してしまって、前髪を引っ張ったりワンピースの皺《しわ》を伸ばしたりしてしまう。

「じゃ、リーベスさん、わたしは所用がありますので！」

リーベスを呼んで来たモモコは、そう言うと風のように去っていった。プルーニャたちも一緒だ。

「……なんなのですか、モモコ様は……っ」

怪訝そうに扉の方を見ていたリーベスの視線が私に向く。

彼に見られていると思っただけで、じわっと頬が熱くなるのを感じる。まだ体調が悪いのだろうか。

私はリーベスの方を見ることができずに、視線は足元を彷徨う。こんな時に限ってゴーグルも前髪のカーテンもないのだ。視界を遮るものが何もない。

「メーラ様……？」

戸惑うような声と共に、彼の足が一歩、こちらに進むのが見えた。

――この心臓の痛みも、頬の熱さも、全てが「恋の病」の症状なのだとしたら、これは厄介だ。

仕組みを解明して、この症状を和らげるような道具を作らないといけないのではないだろうか。

リーベスの瞳には、私はどう映っているのだろう。

モモコたちが言うように、少しでも「可愛い」と思ってもらえているだろうか。

以前は忌々《いまいま》しく思っていた自分の容姿が、こんな形で気になって仕方がないのは、初めてのことだった。

(うつむいてばかりじゃ、ダメよね)

意を決して、私は視線を上げた。

前よりもずっとクリアな視界で、前よりも何故かきらきらとして見えるリーベスを見る。

心なしか、彼の頬も赤いような気がするのは、気のせいだろうか。

「……今日も、とても、素敵ですね」

顔を上げたおかげで、リーベスが少しびっくりした顔から、ゆるゆると笑顔になる様子を、しっかりと見ることができた。

いつもは鋭い瞳の端がゆるりと下がり、口角がやわらかく上がる。

その微笑みを見ることがこんなにも嬉しいだなんて。

じわじわと湧き上がる感情の変化に、私自身も戸惑ってしまう。

リーベスがそこにいるだけで、感情の振り幅がまるで変わってしまう。

「それに……」

彼の手が伸びて来て、短く切り揃えられた前髪に触れるか触れないかのところで止まる。

ぐっと握り拳を作ったリーベスは、何か言葉を呑み込むような仕草をしたあと、その手を引っ込めた。

そして、何事もなかったかのように、爽やかな笑顔を見せる。

「すごく、可愛らしいです。メーラ様」

「そっ、そう、ありがとう……！　私としては、この短さに少し慣れなくて」

「メーラ様のお顔がよく見えるので、俺は好きです」

「そ、そうかしら？」

笑顔で告げられて、また顔が火がついたように熱くなる。今までの私は、リーベスとどうやって過ごしていたのだろう。

モモコから『ほら、これを読んでください』と言われて渡されたロマンス小説では、どうしていただろうか。

初めてそのような書物に触れて、驚きつつも最後まで一気に読んでしまった。

「あの……」

「その……」

ここ数日のことを話そうと思って口を開くと、リーベスも同時に何か言ったようで、私たちの声が重なる。

一瞬だけびっくりして固まってしまったが、勢いに任せて私は言葉を紡ぐことにした。

「リーベス、あの、ここ数日、なんだか避けるような態度になってしまってごめんなさい」

「！　いえ、俺の方が態度が悪かったと思います。従者としてあるまじきことです」

リーベスと距離があったのは、やはり勘違いなどではなかったことを知り、少しだけ胸の奥がちくりと痛んだ。

でも、彼の困ったような申し訳なさそうな表情を見るに、私のことを嫌いになったわけでは、ないと思う。

（だから大丈夫だわ。嫌われていないだけで、十分）

私は一つ深呼吸をして、彼の瞳を真っ直ぐに見据えた。

「あのね、リーベス。屋敷内のことで言いにくいことがあるのかもしれないけれど、なんでも気にせず話してほしいわ。——私、驚かないで受け入れるから。他ならぬ、大切な貴方のことだもの」

それが数日間考えて、出した答えだった。

もし、正直に『カミッラと恋仲だ』と告げられても、笑顔でおめでとうを言うと決めた。

でも、ちょっぴり悲しくなってしまうことは許してほしい。恋心を自覚して、すぐにその気持ちをなくせるほど、感情が器用な私ではない。

それでも、リーベスという存在を失いたくないと思う。

「それ……は……」

「なんでも話してほしいわ」

念を押す私の言葉に、リーベスの顔色が変わる。

一瞬、呆けたような顔をした彼だったが、ぐっと奥歯を噛み締めるような、険しくも泣きそうな顔になった。

「きゃ……！　リーベス……？」

急に伸びてきた彼の手に、ぐいと勢いよく腕を引かれた。

私はぽすりと彼の執事服の胸元にぶつかり、そのままぎゅうと強く彼の腕の中に閉じ込められた。少し息苦しさを感じる。

とんとんと、彼の胸板を叩いてみると、その拘束がちょこっとだけ緩められた。

でもまだ、抱きしめられた状況に変わりはない。

「……いつから、ご存知だったんですか」

掠れたような声にすぐに顔をあげたくなるけれど、まだ自由に身動きが取れるほどではない。

リーベスって、こんなに力が強かったのか、なんて見当違いなことを考えたりしてしまう。

「その……私が知ったのは、本当に最近よ。たまたま見かけて、それで」

「見た……？　見たんですか⁉」

急に両肩を掴まれて、べりりと引き剥がされる。

切羽詰《せっぱつ》まったような顔のリーベスが、私を見下ろす。

その剣幕に気圧《けお》されながらも、私は返事をした。

「え、ええ。見たわ」

確かに見た。

あの日、リーベスが顔を赤らめながら、カミッラと親しげにしているところを見た。それで初めて、私は恋心というものを知ったのだ。

「何故……あの小屋には誰も近づけないはず……！　どうして、お嬢様が……」

青ざめたリーベスは、私を掴む手に力を入れたまま、混乱したように何かを呟く。

カミッラとの交際を私が知ってしまうのは、そんなに問題のあることなのだろうか。

それに、小屋とは何のことだろう。

「……リーベス？　顔色が悪いわ。やっぱり、無理に言わなくても……」

話してくれないのは寂しいけれど、事実を突き付けられる機会が延びたと考える私は、少しずるいのかもしれない。

(でも……そうよ。カミッラと結婚したら、今までみたいにはいかないかもしれない。彼女が最優先になって、そのうち子どもだって生まれるかもしれない。そうしたら、私のことなんて、後回しに――)

そう考えると、さっきまで高揚していた気分があっという間に急降下した。

(それに、モモコがお嫁に行ってしまったら、この屋敷には私一人だわ。爺やたちだっているけど、でも、そんなの……)

脳裏には、楽しそうにウーヴァと思《おぼ》しき人物画を描き連ねるモモコの姿が浮かんだ。

頑《かたく》なに否定しているけれど、冷静になって分析した結果、彼女だって、私と同じ『恋の病』というものなのではないだろうか。

ウーヴァだって、モモコのあの素直さと可憐さに触れたら、きっと可愛がってしまうと思う。

リーベスとモモコが幸せになるのは嬉しいけれど、言いようのないこの寂しさはなんなのだろう。

「……大丈夫よ、リーベス。無理には聞き出さないわ」

苦悶の表情を浮かべたままなかなか口を割ろうとしないリーベスに、私はそんな言葉を投げかけた。

私がこうやっていつもリーベスに甘えているから、言いだせないのかもしれない。

「いえ」

戸惑っていたように見えたリーベスの表情が、覚悟を決めたように引き締まる。

「……もうそこまでご存知なのであれば、全てお話しします」

赤い瞳に吸い込まれそうだ。未だに抱きしめられたまま、その表情を見上げる。

「――メーラ様。ではそのまま十秒ほど目を閉じていてください。いいですね？」

「わかったわ」

私はこくりと頷いた後、瞼を閉じた。

リーベスが私から離れるのを、気配で感じる。

(十秒。この時間が終わったら、どうなるのかしら)

一体、なんのための時間なのだかさっぱり見当もつかないけれど、私は言われたとおりに待つことにした。

「いち、に……」

ゆっくりと声に出して秒数を数える。その間もずっと、心臓が忙しなく動いて痛いくらいだ。

◇◇◇

「……さん、よん」

リーベスは、目の前で目を瞑って数を数える主人のメーラをそっと見下ろしていた。

眉の上で切り揃えられた前髪。

緩くまとめられて、下ろされた髪。

いつもとは違う、可愛らしいワンピース。

そして、ふるふると震えるように揺れる濡れたまつげ。赤く染まった頬。

リーベスは、目の前にいる彼女の全てをこの機会に目に焼きつけた。

（メーラ様は、全てを知っている）

何故秘密が露見《ろけん》したのか、まるでわからない。

誰かが彼女にそう告げたのだろうか。でも、この屋敷でリーベスの秘密を知るのは、家令のアルデュイノだけのはず。だがメーラが何かを知っていることは間違いないだろう。

彼女は先ほど『知っている』と言った。『見た』とも。

――あの姿を見られてしまっては、もう言い逃れができないことはリーベスにもわかる。

もしかしたらメーラは随分と前から知っていて、それでも追及せずにいてくれたのかもしれない。

優しくおおらかな彼女が、大人たちに理不尽に傷付けられる様子を、これまでも度々目にしてきた。

「ご、ろく……」

その度にリーベスは、己の無力さに嫌気がさす。声を殺して泣く姿を、最初の頃はよく見ていた。ずっと、何とかできたらと思っていた。

だがその前に、自らの体質の問題を自力で解決してからと思っていたのだ。

（――どうか、メーラ様を恐れさせることがありませんように）

思い浮かべるのは、変化したリーベスの醜悪な姿を瞳に映して、恐れ慄くメーラの表情。

「なな、はち」

この大切な主人に拒絶されてしまったら、自分はどうなってしまうか想像もつかない。

俺はゆっくりと瞼を閉じて、自らの本当の姿を現すことにした。

「きゅう……じゅう！　リーベス、いいかしら？　目を開けるわね」

ゆっくりとした十秒が経過した後、律儀に断りを入れ、メーラの瞼がゆっくりと開かれた。

強く瞑りすぎていたせいで視界がぼやけるのか、ぱちぱちと瞬きを繰り返している。

そしてその緑の瞳は、真っ直ぐにリーベスがいた方向に向かった。

「……えっ！」

突然部屋の中央に現れた黒い狼を見つけて、案の定、メーラの瞳は溢れそうなくらい大きく見開かれた。

それ以上の悲鳴を聞きたくなくて、リーベスは思わずふいと顔を背ける。

突如として現れた獣に対する反応としては、なんら間違っていない。誰だって驚き、忌避《きひ》したくなるものだ。

（――ああ、やっぱり……）

獣となり話せないリーベスが心のどこかでそう諦めていた時、そのもふもふの身体にぱふりと柔らかい衝撃を受けた。

「えっ、どうして？　どうして犬さんがここに……!?　とっても可愛いわ、もふもふだわ」

（？？）

咄嗟のことに、狼の姿になったリーベスは固まってしまう。

おすわりをした状態で、メーラからの沙汰《さた》を待っていたはずだったのだが、現在リーベスの首元に体いっぱい抱きついているのは、メーラその人だ。

「ふわふわ……可愛い……！　いい匂い」

俺の視界からはメーラ様の表情は見えないが、彼女の手が首回りの毛をふわふわと撫でる。

それから、毛並みに顔を埋めて、クンクンと匂いまで嗅《か》ぎ始めた。

「……わ、わふん！」

（ちょっ……メーラ様……！）

それがくすぐったくて声をあげようとしたら、とても情けない声が出てしまった。

リーベスは、獣の姿では人語が話せない。本来の獣人は獣の姿でも人語が話せて意思疎通が可能というから、やはり自分は不完全な獣人なのだと思い知らされる。

それにしても、随分と気の抜けた声だ。本当に。

「どうしたの？　あら、この赤いお目目は……」

首元に埋まるのをやめたメーラは、少しだけリーベスから離れて、今度は顔をじっと眺めてきた。

座っている状態のリーベスの方が頭の位置が高いため、自然とメーラを見下ろす形になる。

「いろいろ、あの子にそっくりだわ……！　もしかしてあなた、うちに帰ってきていたの？　リーベスが探してくれたのかしら」

もふもふと撫でながら、メーラはとても上機嫌だ。仔犬時代の面影《おもかげ》までも見出し、嬉しそうにしている。

「あら、そういえば、リーベスはどこに行ったのかしら」

狼のリーベスにくっついたまま、メーラは周囲をきょろきょろと見渡し、不思議そうな顔をした。

「きゅう？」

（……何かが、おかしい）

その様子に違和感を覚えたリーベスは、首をこてりと傾げることになる。

「リーベスの秘密って、この犬さんを見つけ出して隠していたことだったのかしら？　てっきりカミッラのことだと思っていたのに。リーベス、どこに行ったの？」

「わふ！　わふ！」

（俺はここです！　カミッラとは何のことですか？）

「よしよし、可愛い犬さん。私はちょっとあなたの飼い主を探してくるわね。それまでお利口でここにいてね」

名残惜しそうにまたリーベスを撫でる彼女の瞳は、とても優しげだ。

最後にぽふぽふと俺の頭に触れると、メーラは部屋を出るために扉へと向かう。

（もしかすると、メーラ様はこれが俺だと、気がついていない……？）

メーラとリーベスの話が噛み合っていないことに、ここでようやく気がついた。てっきりメーラがこの姿を見たことがあるのだと誤認していたが、この様子を見ると絶対にそうではない。

このままメーラが部屋を出て行けば、ますますややこしいことになる。そう判断したリーベスは、慌てて彼女の背中を追った。

――ドン、と開きかけた扉に手をつく。再び人型に変化したリーベスは、片腕でメーラの後ろ姿を抱き寄せて、もう一方の手で開きかけた扉を押さえ、鍵をかけた。

「……メーラ様、絶対にこちらを振り向かずに、話を聞いていただけますか」

あまりに近く抱き寄せたためメーラの髪が揺れ、甘やかな花の香りが鼻腔を満たす。

「それで、できれば、また目を閉じていただけるとありがたいのですが。俺が、着替えるまで」

獣型から人型へと急に戻ったリーベスは、現在全裸だった。

こんな姿は、メーラにも、他の誰にも見られるわけにはいかない。特にモモコには。

「きっ、着替え……？　え、ええ、もちろん……!!」

腕の中のメーラの頭が、ぶんぶんと強く振られるのを感じて、リーベスは変化前に脱いだ服の場所へと急いだ。

絶対に誰にも見られたくない光景だ。リーベスはこれまでの人生で一番素早く着替えを済ませた。

◇◇◇

「メーラ様、お待たせしました。もう目を開けていただいてかまいません」

「わかったわ」

リーベスに目を開けるよう促されて、私はそのとおりにする。

すると、先ほどまでそこにいた大きな黒い犬の姿は掻き消えて、代わりに髪型も服装も乱れたリーベスが立っていた。

リーベスは私にひとまず部屋のテーブル席に腰掛けるよう促し、それから断りを入れて、その向かいの席に座る。

そして告げられたのは、彼が獣人であり、黒い狼は彼が完全に獣化した姿であるということだった。

「ええと、つまり、さっきの黒い大きな犬さんが、リーベスだったってことなの？」

「……はい」

私が確認するように言葉を選ぶと、少しぐったりした様子のリーベスは、伏目がちにそう答える。

（――リーベスが私に話そうとしていた秘密は、このことだったのね）

かつては迫害された歴史もある獣人。

今でもその名残はあると、爺やに勧められて読んだ書物に記されていた。

私が思っていたより、ずっと大きな秘密だ。これを話すのに、どれほどの勇気が必要だっただろう。

現に、リーベスは既に傷付いたような顔をして、私と全く目を合わせない。

「……リーベス」

私が彼の名前を呼ぶと、彼の肩は大袈裟なくらいに大きく揺れた。

「顔を上げて、リーベス」

「……メーラ様」

赤く揺らめく、美しい瞳。

とんだ勘違いで、彼の秘密を暴いてしまったことに罪悪感すら抱いてしまう。

でも、それと同時に、彼が私に話してくれたことを、嬉しくも思ってしまう。

「ありがとう、話してくれて。その……私、ちょっと勘違いをしていて。貴方の秘密は、恋人のことだと思っていたから」

「恋人ですか……？　なんのことでしょう」

リーベスは本当に心当たりのないような顔をする。それを嬉しく思ってしまう自分は、いつの間にか欲張りになってしまっていたようだ。

「リーベスとカミッラが以前とても親しげに話していたから、私はてっきり二人がそういう仲だと邪推してしまったの。それで、応援しようと……」

「カミッラとは、ただの仕事仲間です」

リーベスはそうきっぱりと言い切る。その発言に迷いはなかった。

リーベスに近づいて、彼の手を取る。大きな手だ。これがさっきまであんなにもふもふしていたかと思うと、不思議な気持ちになる。

「……俺に触れるのは、気持ち悪くないですか」

「え？」

「俺は……穢《けが》らわしい獣人で……ずっとそのことをお嬢様に隠していました」

見上げると、リーベスは泣きそうな顔をしていた。彼が爺やに連れられてこの家に来たのは、確か私が十歳の時だったと記憶している。

その時には既に大人びた表情をしていたリーベスだったから、こんな風に幼い表情を見るのは初めてかもしれなかった。

「まあ……誰かにそう言われたの？　リーベスが穢らわしいだなんて、そんなことちっとも思わないわ。いつも助けてもらっているし、それに、もふもふした犬さんの姿も楽しめるなんて、すごくお得じゃないかしら！」

彼の手を両手でぎゅうと握りしめながらそう告げると、泣きそうな顔のまま、リーベスはくしゃりと笑った。

「——は、はは……。お得って……全く、メーラ様は……」

「たまにあの姿のリーベスをもふもふさせてくれるなら、これまで内緒にしていたことは許してあげるわね」

彼の笑顔が嬉しくて、私もついつい頬がゆるむ。私はリーベスが好き。どんな姿でも。

モモコに相談した時は曖昧だった気持ちも、ようやく輪郭がはっきりしてきたように思う。

「あなただけ秘密を言うのは、フェアじゃないわね。私にも、とっておきの秘密があるの」

「メーラ様の秘密、ですか……？」

首を傾げるリーベスを前に、私は心臓に手を当てて、ゆっくりと息を吐いた。

私のとっておきの秘密を、あなたにあげる。

「私、あなたが好きよ。リーベス。今の姿も、さっきのもふもふの姿も——それに、小さい頃のあの仔犬の姿だって」

真っ直ぐに彼の瞳を見てそう言うと、彼の顔は弾けたように真っ赤になる。

そして、次の瞬間、彼の姿は先ほどの大きな黒い犬さんのものになり、その場に伏せるように座り込んだのだった。

◇◇◇

モモコは部屋でそわそわしていた。とっても。

義姉のメーラとリーベスを二人にしてから、小一時間ほど経った。

(な、何か進展があったかな!?　漫画だと良きハプニングが起こっている頃合いなんだけど)

そんな邪《よこしま》なことを思いつつ、モモコの心臓はずっとドキドキし続けている。

「……モモコ様、絵がとてもお上手ですね。ウーヴァ様の姿絵、でしょうか」

「うぎゃっ⁉　ち、ちち、違いますぅぅぅ！　これはわたしの理想の男性で……」

「ふむ。モモコ様の理想はウーヴァ様なんですね」

「違うってばあああ！！！」

無意識にモモコの手は、また推し様の絵を描いてしまっていたらしい。

これは断じて決して絶対にウーヴァではないのだけど、もしかしたら、ほんのちょっとの可能性があるとしたら、それはウーヴァにそっくりなのかもしれなかった。

モモコの私室と化している客室で、側に控えているカミッラとプルーニャにしたり顔で頷かれて、居た堪《たま》れない気持ちになる。

(リアルな推し様が目の前にいて、なんだか寂しそうな笑顔で、いろいろと切ない事情もあって、未だに婚約者なんだって思ったら、そりゃ意識してしまうでしょ⁉　そんなものでしょ⁉)

心の中で大きく言い訳をしてみるも、もちろん誰にも聞こえていない。

モモコは手元のイラストに視線を落とす。

——確かにこの絵の人物は、推し様よりも少しだけ淡い金髪だ。推しよりも少しだけ優しげな表情だし、服装なんかもまさにあの初めて会った時のラフな格好で……

「あああ！　お義姉様よりも、わたしの方が重症っぽいいいいいい！」

思わず雄叫《おたけ》びをあげてしまうくらいには、結論としてそのイラストの人物は『推し様』より『ウーヴァさん』にそっくりだ。

とりあえず部屋を出て、モモコはなんとなく義姉の部屋の方へと向かう。

邪魔してはいけないことはわかっているから、近くの廊下をうろうろしているだけだ。

「……おや、モモコ様」

「あっ、爺や様」

廊下で出会ったのは、爺やのアルデュイノだった。

ペスカだった時にはこちらに鋭い眼差しを向けていたように思うけれど、今ではその目尻は優しくゆるめられている。

「爺やに『様』は不要ですよ。お嬢様」

「……えっと、でも……じゃあ、爺やさん！」

穏やかな口調で話しかけてくれるのが嬉しくて、モモコはついつい笑顔になる。

そんなモモコに、アルデュイノは「ところで」と質問をした。

「リーベスを見ませんでしたか？　手伝って欲しいことがあるのですが、ここ一時間ほど姿が見えないのです」

「あっ、リーベスさんですか。えーっと」

「ご存知ですかな？」

「……今は、お義姉様のところにいます」

誤魔化《ごまか》すことができず、正直にそう告げる。

アルデュイノは顎《あご》のあたりをひと撫でうると、ふうむ、と訝しげな視線を奥の扉の方へと向けた。

メーラの部屋の方向だ。

「……少し、声をかけてみますかな。ありがとうございます。モモコ様」

「あっ！　爺やさん、ちょっと待ってくださいいいいいい！」

「ほっほっほ、どうしたんですかな。そんなに焦って」

「いや全っ然焦ってないですよ！　でもほら、大事な話をしてるかもしれませんし！　ね？」

敢えてメーラとリーベスを二人きりにしたのだ。

モモコはなんとか爺やを引き留めようとするが、笑顔を崩さずに早足で進むアルデュイノは、あっという間にメーラの部屋の前についてしまった。

（あああ！　もし、大事な告白シーンだったらどうしよう！　……あっでも、ちょっと見たい。ダメダメ、止めないと。……いや、やっぱり見たいぃぃー）

心の中で、天使と悪魔なモモコが暴れ回る。どちらかというと悪魔の方が優勢だ。

モモコが立ち止まってもだもだしている間に、アルデュイノはあっさりとその扉をノックしてしまった。

「……メーラ様。失礼ながら、リーベスはそちらにいらっしゃいますか？」

（ああーーーっ！　爺やさんっ！）

モモコの耳には、部屋からの音は何も聞こえてこない。だが、アルデュイノの声かけのすぐ後に、鍵が開く音と共に扉が開かれた。

「爺や！　ちょうど良かったわ、リーベスが大変なの」

部屋から顔を覗かせたのはメーラだった。困った顔をして、アルデュイノを手招きする。

「……え？　おっきなわんこ……」

ちらりと見えたその扉の向こうには、大きな黒い犬が寝そべっていた。

アルデュイノは中の様子とメーラ、それからモモコへと視線を順番に移すと、「おやまあ」と小さく言葉を漏らす。

（え？　いや、全く状況が掴めないんですけど……？）

「モモコもいたのね。二人とも、いいから早く入ってちょうだい」

呆然としているモモコに気がついたメーラは、アルデュイノとモモコを二人まとめて部屋に入れると、また鍵をかけた。

「……メーラ様。知ってしまわれたのですね」

「ええ、さっきね。そんなことより、リーベスがぐったりしてしまっていて……どうしたらいいかしら？　いっぱい撫でてもいいいかしら？」

「ふむ。状況を詳しく教えていただけますかな」

（……ふむ。ふむ!?　えええっ、あれ、リーベスさんなの!?）

深刻そうな顔をしている二人を尻目に、空気と化していたモモコの視線は、黒いわんこに釘付けになる。

これってあれだ。獣人。なんて甘美な響きなんだろう。まさにこの前モモコがこっそりと書き上げた、薄い本第二弾そのものだ。

お嬢様と大きな黒い犬の組み合わせ。それから獣人という、一粒で二度美味しい上に従者属性まで兼ね備えた稀有《けう》なヒーロー。

（尊い。ううっ、尊いよぉぉぉ）

異様な空気のこの部屋で、モモコはある種の感動に包まれていたのだった。

第八章　作戦会議

私がリーベスの秘密を知ってから、早くも三日が経とうとしている。

籠《かご》にたくさんの食べ物を詰めて、私は工房の扉を開いた。

もはや私の別邸と化しているこの場所の、普段はあまり使わない奥の部屋へと迷わず進む。

「リーベス、具合はどう？」

部屋に入るなり、私は目の前に横たわるリーベスに声をかけた。

だけど、それらしき返事はない。

代わりに聞こえるのは、「ぐる……」という可愛い鳴き声と、それから耳をぺたりと下げた姿。

大きな身体を小さく丸めた黒いもふもふが、赤い瞳で私の方を見ている。

弾けるようにもふもふの姿になったリーベスは、あれからずっとこのままの姿でいる。

爺やの話によると、彼はこの黒い犬さん――じゃなくて、狼の姿になると、おしゃべりができなくなるらしい。

獣人は不便ね、とも思ったのだが、どうやらそれはリーベスだけが特殊ということだった。

『本来であれば、獣人は獣の姿でも自由に話せますし、変化も自由自在です。……ですが、リーベスはどうやら〝そう〟ではなかった。だから群れから捨てられた可能性が高いのです』

リーベスがこうして黒い狼の姿になってしまった初日、爺やはそう教えてくれた。

『捨てられた……』

『国境近くの孤児院にいたと本人は言っていますが、なにぶん幼い頃なので記憶がないようで。獣化のコントロールもできていなかったので、孤児院の前に捨てられたのではと』

『まあ……』

爺やが語るリーベスの出自は、私が思ったよりもずっと悲しい話だった。

『この邸で、リーベスを見つけたのはメーラ様でしたね。大変安心したと思います』

爺やは、静かにそう教えてくれた。

我が家に迷い込んできた傷だらけの仔犬は、幼い頃に故郷を追われたリーベスだったらしい。

獣人であれば、隣国《モルビド》の出身になるはず。そこから国境の孤児院、我が伯爵領に到るまでの間、小さいリーベスは——あの黒い仔犬はずっと独りだったのだ。

それから、私が知らないうちに、爺やはリーベスを保護して、こうしてここまで面倒を見ていたというのだ。

『……私、知らなかったわ』

『この国には、まだ根強い差別があります。それに、どうしてもお嬢様の元で働きたいと言うリーベスの真剣な眼差しを見たら、手を差し伸べずにはいられなかったのですよ』

目を細めながら、爺やは私とリーベスを交互に見た。その頃からずっと、私たちのことを見守ってくれていたのだろう。

厳しくも優しい、爺や。

家族以上に、大切な人だ。

『満月の前後だけ獣化してしまうことがわかってからは、人気のない小屋で過ごさせるようにしていたのですが……何分、それ以外で獣化することはなかったので、原因がわかりません』

爺やは困り果てたようにため息をつく。

『リーベスのお休みは、そのためだったの？』

『はい。どうしてもその期間だけはお嬢様の従者を務めることができませんので』

『そうだったのね』

『では私めは、この現象を解決するために各種文献を漁ってきます。リーベス、安心して過ごしなさい』

爺やは優しい眼差しを黒い狼に向けて、そっと、ひと撫でする。それから急いで部屋を出ていったのだった。

――未だに原因はわからず、奔走《ほんそう》の日々は続いている。

私はそんなやりとりを思い出しながら、籠から食べ物を取り出した。

「リーベス。あなたに食事を持ってきたわ。爺やから聞いたとおりに、果物と、それからお肉と……」

リーベスの前に食事を並べると、彼はのっそりと立ち上がり、私の隣にお座りをした。

その背中をふわふわと撫でると、心地いい温もりが返ってくる。

(元の姿に戻れなかったら、ずっとこのままなのかしら)

そんな思いが去来する。この姿も可愛いけれど、やっぱりお話もしたい。

「――今日はモモコと隣の部屋で、また新しい道具を作るの。ブレンダーというのですって。新鮮なジュースを作るものらしいわ」

「くるる……」

「大丈夫よ、きっと爺やが何とかしてくれるもの」

どこか不安げな声を出すリーベスに、私は微笑みかける。

そうだ。今一番不安なのは、本人だ。

私はそう思い直す。きっと解決策は見つかる。

「これから少し騒がしいかもしれないけど、我慢してくれる?」

そう問いかけると、黒い狼はこくりと頷いた。

それからしばらくすると、工房にモモコがやってきて、本格的にブレンダーとやらの製作に取り掛かることになった。

例に漏れず、彼女のスケッチブックには素晴らしい絵が描かれている。

それを見ながら、そして、モモコから説明を聞きながら、私は詳細な設計図を作り上げてゆく。

「……お義姉様とこうして開発するの、すっごく楽しいです。わたしは絵を描いてるだけですけど」

「まあ。でも貴女の絵や発想がなければ、きっと私も大したものは作れないと思うわ」

「えへへ。じゃあわたしたち、最強姉妹ですね！」

照れたように頬を染めながら、モモコは満面の笑みを見せる。

これから先も、こうして過ごせたら楽しいだろう。そう思っていると、彼女は急に眉を顰《ひそ》めた。

「……ところで、リーベスさんって、まだあのもふもふのままですか？」

声量を下げ、心配そうに私を見つめるモモコに、私はこくりと頷いた。

「ええ。そうなの」

「……そうですかぁ～。絵本とかだと、こういう展開なら、お姫様のキスとかで元に戻ったりするんですけどね～」

「キス……？」

「呪いで獣の姿になった王子が、真実の愛を知った時に元の姿に戻る、なんてのもありましたね」

「真実の愛……」

「あっ、でも、爺やさんが何か見つけてくれるといいですね……。お義姉さまとリーベスさんが困ってるのに、童話のことを持ち出したりして、不謹慎でした……」

言いながら、モモコの声はしゅるしゅると小さくなる。その桃色の瞳は慮《おもんぱか》るようにわたしの様子を窺っている。

「心配してくれてありがとう。原因がわからないから、なんでも試してみる価値はあると思うわ。道具作りも、試行錯誤の繰り返しだもの」

「お義姉様……！」

「じゃあ早速試してみましょう」

「うんうん、頑張って……って、えっ、お義姉様!?」

「キスをしたらいいのね」

「決断が早い！」

なんだか糸口が見つかったような気がして、私は立ち上がった。モモコが戸惑っている声も聞こえたが、今はこの可能性に縋りたい。

私の気持ちは告げたけれど、そのままこうなってしまったため、彼の気持ちは聞けずじまいだ。

——ただ手をこまねいているよりは、試してみた方がいい。お祖父様も、何度も挑戦しながら魔道具を開発していたもの。

「リーベス、ちょっといいかしら」

そう思った私は、リーベスがいる部屋の扉を思いっきり開けた。

私が急に部屋に入ってきたことに驚いたのか、寝そべった状態から頭を起こした彼の両耳はピンと空を向いている。

どうやら眠っていたらしい。

話せはしないけれど、物問いたげに首を傾げる仕草は、とにかくもふもふで可愛らしい。

「リーベス、ちょっと試したいことがあるの」

歩みを進める私は、あっという間に彼の元へと辿り着いた。

そしてしゃがんで姿勢を落とすと、まずは顎下のもふっとした場所を撫でる。

「ふわふわ……」

くすぐったそうにしながらも拒否しないということは、リーベスにとっても気持ちがいいのだろう。

こっそりプルーニャに仕入れてもらった『犬の育て方』の本を熟読した甲斐があった。

そのまま両手で耳の後ろをわしゃわしゃとすると、ピンと立っていた耳は垂れ下がり、リーベスはうっとりと瞼を閉じてしまった。

（――よし、試すなら今ね）

両手でわんちゃんの耳の後ろを撫でながら、私はそっとその額に唇を落とした。

かなり昔、寝る前にお父様がやってくれたことがある。後にも先にもあの一回だったけれど、だからこそ印象に残っているおやすみのキスだ。

「！！！　わふっ⁉」

「きゃっ！」

額にキスをした途端にリーベスが飛び起きるものだから、体勢を崩した私はそのまま彼に倒れ込んでしまった。

驚いて目を閉じて衝撃に備えると、もふっとした毛皮に包み込まれた。そしてその拍子に、何か湿ったものが私の唇を掠めたような気がした。

「……メーラ様」

目を閉じていると、下から聞こえてきたのはいつものリーベスの声だった。

そういえば、先ほどまで感じていたもふもふの毛の感触はない。

確かにぎゅうと包み込まれてはいるが、それは、人の腕だ。

目を開けると、いつものリーベスがそこにいた。

「リーベス、元に戻ったのね」

「……はい。なんとか……」

「良かったわ、心配したのよ。ああでも、犬さんの姿もとっても可愛かったのだけれど」

「……あの、メーラ様」

「どうしたの、リーベス？　何か身体の調子でも悪いのかしら」

「大変言いにくいのですが、俺の上から降りてもらえますか。……その、目を閉じたまま」

リーベスの顔が赤く染まり、赤い瞳は心なしか少し潤んでいるように思う。

彼の言葉にハッとして自分の状況を顧みると、赤くなるのは今度は私の番だった。

一糸纏わぬ姿（多分）の彼の上に、馬乗りになっている。そうだった。リーベスはこの前もそういうことを言っていた。

「……！　ご、ごめんなさい、リーベス。すぐにどくわ……！」

再び目を閉じて、その上にさらに自らの両手を添えてしっかりと自分の視界を遮ると、私はあたふたと彼の上から降りた。

自分の顔が、湯気を出しているのではと思うほどに熱い。

真っ暗な視界でその場に座り込んでいる私の耳に、がさがさと何か衣擦れのような音が入ってくる。

(……確か爺やが、着る物を用意していたはずだわ。それを見つけたのかしら)

頭の中で努めて冷静に私がそう考えていると、部屋の外から誰かの話し声と、足音が聞こえてくる。

——どうやらそれは、この部屋に向かってきているようだ。

「メーラ様！　ようやく原因がわかりましたぞ！」

「あっちょっと、爺やさんってば〜！」

扉の開いた音とその声に、私は目を開ける。

強く瞼を押さえていたからか、少し白みがかった淡い視線の先には、嬉々とした顔の爺やがいて。

その後ろでは困った顔のモモコが、爺やを懸命に引き留めようとしていたようだった。

「おやリーベス。戻ったのか」

「リーベスさん、戻ったんですね！　ということは……ひえええええ、おとぎ話って最高!!」

二人の様子に、私もちらりと後ろを振り返る。

リーベスは既にズボンとシャツを着込んでいて、今は袖口のカフスボタンを留めているところだった。

「……このたびはご心配をおかけしました。メーラ様。それに、モモコ様とアルデュイノさんも」

目が合うと、赤い瞳を細めてゆるりと微笑まれる。

その表情はとても柔らかく、そしてなんだかとてもキラキラと輝いて見える。

「戻ったということは……リーベス、もしかすると」

「……おそらく。そうだと思います」

爺やとリーベスに意味ありげな視線を向けられた私は、もちろんなんのことかわからずに首を傾げる。

「メーラ様、少しお時間をいただいてもよろしいでしょうか。話をしたいのです」

私の前に跪《ひざまず》いたリーベスは、殊勝《しゅしょう》な態度でそう述べる。座り込んでいる私より、少しだけ高い目線。真剣な表情に、私はこくりと頷く。

「……では」

「きゃあ、リーベス！」

「しっかり掴まっていてくださいね」

ふわりと横抱きに抱きかかえられ、その浮遊感に慌てて彼にしがみつく。そしてそのままの状態で、リーベスはスタスタと歩き出した。

背後からは「お姫様抱っこ……！」というモモコの声と、「そういえばモモコ様、ウーヴァ様がいらしていますぞ」という爺やの声がする。

なんとなく、慌てふためくモモコの様子を思い浮かべつつ、私はしっかりと彼に掴まった。

私を抱えたまま、リーベスはどんどん歩みを進める。

そのまま屋敷を出て向かった先は、庭園の一角だった。

四阿《あずまや》が設置されたその場所は、私が小さい頃からよくお散歩の途中で休憩していた場所でもある。

「メーラ様。この場所を覚えていますか。幼い貴女が、私を見つけてくれた場所です」

彼の腕の中にいる状態のまま、私はリーベスを見上げた。優しい瞳が私を見ている。

その様子に、私はこくりと頷いた。

「ええ、もちろん。あっちの茂みから、黒いわんちゃんが出てきたの。よく覚えているわ」

一人で遊んでいた時、ごそごそと揺れる茂みを固唾《かたず》を呑んで見つめていたら、そこから現れたのは仔犬ちゃんだった。

震えていて、どこか不安そうに私を見上げていたことを、昨日のことのように思い出す。

「あの時、貴女が拾ってくれて本当に救われた。だから恩返しがしたいと思いました。アルデュイノさんは、突然また変化が解けて人の姿になった俺を見つけて保護してくれたのです」

「……じゃあ、あの時すぐにいなくなったのは」

「メーラ様が工房に用事があると言って庭園を去った後、人型になりました。それをアルデュイノさんが見ていて、事情を知って匿《かくま》ってくれました。俺が獣化をコントロールできるまで。お陰で、満月が近づく数日以外は人の姿でいられるようになったのです」

そう言ったあと、リーベスは私を四阿のベンチにゆっくりと降ろした。

てっきり彼も隣に座るのかと思ったのだけれど、私の手を取ったまま、リーベスは座る私の前に跪く。

「……ずっと、従者としてお仕えするつもりでした。ウーヴァ様と結婚したその後も。忌《い》まわしいこの身が許す限りは」

そっと指先に触れたのは、リーベスの唇だ。

その仕草にどきりとしていると、そのまま顔を上げたリーベスは、射るような瞳を私に向ける。その色は、燃えるような赤だ。

「……ですが、あなたの気持ちも知ってしまっては、もう手遅れです。あなたは俺の番《ツガイ》だ。愛しています。もう俺からは手放せません」

「つがい……？」

「獣人にとって、生涯の伴侶《はんりょ》です。この先、貴女が他の者を好きになったとしても、俺はそれを許さないでしょう。俺があなたに選ばれなかったとしても、その男を鋭い爪で引き裂いてしまうかもしれない。……そんな俺が、怖くはありませんか？」

リーベスは真剣な表情を崩さない。私の右手を掴む彼の手に、少し力が入ったように感じる。番《つがい》という言葉を聞いたのは初めてだったが、それが獣人にとって大切な存在であることは伝わってくる。

「それに、獣人は魔法が使えません。ウーヴァ様が思い悩んでいたように……その、貴女の稀有な才能が、この伯爵家の歴史が途絶えてしまうかもしれません。ただでさえ身分が違うのに、俺の存在は貴女にとって邪魔になってしまう。だから――」

「ふふっ」

彼の言葉を頭の中で反芻《はんすう》した私だったけれど、出たのはそんな笑い声だった。

まだ話の途中だったがために、呆気に取られたような顔のリーベスが私をじっと見ている。

「だから」のその先は、聞かなくてもいい気がした。私がリーベスを好きで、リーベスも私を大切に思ってくれている。それでいいと思うから。

「それって、とっても素敵だわ！　リーベスは、これからもずっと私と一緒なのね」

知らない人と家を出て行ったお母様。

お母様よりも仕事を大事にしていたお父様。

遊び人として有名だった伯父様。

いつも高圧的で、冷たい伯母様。

私の周りにいたのは、そんな人たちだった。

「リーベス。私と、本当の家族になってくれる？　貴方のホットケーキを、ずっと食べたいわ」

ずっと欲しかった。そんな人が。

仮初《かりそめ》めではない、大切な人が。

「――っ、もちろんです。メーラ様」

「難しいことは、爺やにも相談しましょう。もう、一人で悩んでいてはダメだからね」

これからのこと、身分のこと、獣人のこと。きっと解決しなければならないことはたくさんあるけれど。

この伯爵領で、これまでと変わらない生活を送る分には何の問題もない気がしてくる。

左手をそっと差し出して、彼の頭に載せる。

そのまま柔らかな黒髪をふわふわと撫でると、不機嫌そうな顔のリーベスがそこにいた。

「……俺は、今は人型です」

「ふふっ、この姿の時も、撫でてみたかったの」

笑いながらそう言うと、無表情になったリーベスはさっと立ち上がった。あっという間に私を見下ろす形になる。

首を傾げた私に対して、リーベスは相変わらず憮然《ぶぜん》とした顔だ。

「——じゃあ、俺も好きにしますね」

ずっとここに触れたかったので、という掠れた声が聞こえたあと。

彼の親指に軽くなぞられた私の唇は、そのままゆっくりと塞がれることになった。

◇◇◇

（メーラ、遅いな）

今日も今日とて、ウーヴァは待ち人来らずの状態だ。

用事があるといってベラルディ伯爵家当主直々に呼び出されたわけだが、どういうわけだか

一向にメーラはこの場に現れない。

通された応接間で出された紅茶をちびちび飲みながら過ごしていると、ノックの音と共に誰かがこの部屋に入ってきた。

「失礼します」

部屋に入ってきたのはメーラではなくペスカ――いや、モモコだった。

彼女とウーヴァが初めて会ったのは、ウーヴァが全てを捨てて町外れの小さな家に住み始めた時だ。

二回目は、その時の無礼を謝ろうとこの伯爵家を訪ねた時。あいにくこの時は騒ぎになってしまったが。三回目はさらにその謝罪に。

そして今日が、四回目となる。

「こんにちは。モモコ様」

「こ、ここここっこんにちは、ウーヴァさん」

少々俯きがちな様子で近づいてきたモモコに立ち上がって挨拶をすると、戸惑いながらもぎこちない笑顔で返事をしてくれた。

(彼女がペスカだった頃、僕はどのように彼女に接していただろうか)

その初々《ういうい》しい笑顔に魅せられながら、ウーヴァはそんなことをぼんやりと考える。

確かに大切に思っていた。自分と同じ、やりきれない思いを抱える彼女を守りたいと思った。

――そこに、打算がなかったとは言えない。

家族を出し抜き、自由になりたかったウーヴァの自分勝手な考えと行動に、ペスカを巻き込んでしまったことは事実だ。

この前その点をこの〝ペスカ〟となったモモコに叱られ、目が覚める思いがした。

「きょ、今日はどういうご用件ですか？」

モモコが辿々《たどたど》しく尋ねる。

「ああ、えーっと、実はメーラに呼び出されたんだ」

「お義姉様に……？」

未だに拭えない罪悪感と共に、ウーヴァがモモコの問いかけにそう答えると、彼女は愛らしく小首を傾げた。

姿かたちは愛した彼女と同じ。だが、『別人になった』というメーラの言葉どおり、モモコはペスカと違っていた。

ペスカの母親であるメローネと遭遇し、叱責を受けていたウーヴァの前に颯爽と現れた彼女は、身を挺《てい》してウーヴァを庇った。

その時の意思の強さと真っ直ぐさ、そして清廉さに、ウーヴァは射抜かれたような気持ちになった。

彼女の一挙一動から目が離せず、今も俯きがちにぶつぶつと呟いている彼女をゆっくりと眺める。

「今はお邪魔だし……」「呼びにはいけない」「でも、推しと二人でこの空間……!?」などなど、様々な声が漏れてくる。

「メーラは不在なのかな？　だったら出直した方がいいだろうか」

「ぴえっ！　い、いえ、いらっしゃるんですけど！　でもあの、のっぴきならない事情でちょっとあの、顔を出せないというか」

「そういえば、リーベスの姿もないね」

「あーーっ、リーベスさんもお忙しいみたい!?」

きっとメーラとリーベスは一緒にいるのだろう。

モモコはそれをどうにかして誤魔化そうとしているようだが、その慌てた様子も可愛らしく、ウーヴァはついつい意地悪をしてしまう。

ふ、と思わず笑みが漏れてしまい、ウーヴァは慌てて口を押さえた。

「あ！　そうだ、ウーヴァさん。もしお時間があるなら、一緒にチョコレートフォンデュを食べませんか？　お義姉様が、素晴らしい魔道具を作ってくださったんです」

「ふぉんでゅ？」

「ええ。ほらほら、行きましょう。厨房に置いてあるので！」

名案とばかりに目を輝かせた彼女は、立ち上がるとウーヴァの方に来てぐいぐいと手を引っ張る。

その勢いに圧されて、手を引かれるままについていく。

それを周囲の使用人たちは温かい目で見守っていて、今度はウーヴァが慌てる番だった。


「これは……素晴らしいね」

「そうでしょう！　お義姉様ってほんと神だし天使だし、なんかもう尊いんですよ」

モモコに勧められた菓子は、これまでに見たことがないものだった。とろけている温かなチョコレートに、果物などを直接つけながら食べるなんて、想像もしていなかった。

「……ふふ。モモコ様はメーラが好きなんだね」

「はい！　お義姉はいつも優しいし、リーベスさんは厳しい時もあるけど、あの二人のカップリングはもう天の采配《さいはい》って感じでたまりません。この家の方たちも皆よくしてくださってます。あんなわたしだったのに」

「……それは、君の力もあるんじゃないかな。君が素敵なレディだから」

愛されるのは、才能だ。

ウーヴァやペスカがずっと渇望《かつぼう》して、それでも得られなかったもの。だからモモコのその持ち前の明るさは、ウーヴァの目にはこうして輝いて見えるのだろう。

少し掠れた声でウーヴァがそう返すと、彼女はきょとんと瞬きをする。

ペスカの口の端に少しだけチョコレートがついていて、ウーヴァは思わず親指の腹でそれを拭った。

「……えええええええええ！」

一拍おいて、モモコは素早く後ずさる。

顔が真っ赤で、まるでこの皿いっぱいの苺のようだ。

「とても美味しいよ。――モモコ」

「ふわっ、推し、推しの破壊力がやばい……っ！」

もう少し、近づきたい。

(君の明るさと眩しさを、これからも見ていたい)

心の中に新たに生まれた渇望を確かに感じながら、ウーヴァはチョコレートフォンデュに舌鼓《したつづみ》を打った。

「このフォンデュ鍋というのは、メーラが作ったものなのかい？」

「あ、はい。こういうものが欲しいとわたしが言ったら、お義姉様がサクサクっと作ってくださいました！」

「……君が考えただって？」

思いもよらない答えが返ってきて、ウーヴァは眉を顰めた。

家を出るにあたり、ウーヴァはずっと準備していた事業を始め、その目処がついたこともあり、メーラとの婚約解消に踏み切った経緯がある。

その事業というのが、輸出入業……いわゆる貿易業だ。

魔力なしだと露見しないよう、殊更《ことさら》人当たりよく過ごした学生時代のおかげで、ウーヴァは人脈を広げていた。

おかげさまでこの国の貴族や領地の状況、それぞれの強みや不足しているものなどを把握しているため、それらの需要と供給をマッチングさせることによって商売を進める方法を思いついた。

手始めに行ったのが領地同士の取引のサポートであるため、今はまだ諸国との貿易というには程遠いが、いずれはそのあたりまで手を出したいという気持ちはあった。

ラフルッタ王国の特産品を諸国に広め、見知らぬ外国の品を国内に持ち込み、市場を獲得する——非常にロマンのある職業だと思う。

家族や友人は、ベラルディ家に婿入りする予定のウーヴァがそのような起業をすることに首を傾げている様子だったが、構わず進めた。魔力はないが、腐っても貴族家の子息であるため、そのコネを最大限活用することにしたのだ。

中でもウーヴァは、幼少からこのベラルディ家と懇意にしていたこともあって魔道具への造詣が深い。

この国の一部界隈《かいわい》では発達しているこの道具は、諸国ではありがたがられたり、珍しがられることが多いのも知っていた。

そして家を出た今、本格的に魔道具を取り扱う貿易業にシフトしようと思っていたところで、この新しい魔道具を紹介されたのである。

メーラの優れた技術は昔から知っていたが、今の話では、この魔道具を考えついたのはモモコのように聞こえた。

「ハイ！　わたしもお義姉様のお手伝いをさせてもらっています」

「驚いたな。君は以前は工房には近寄らなかったのに……ああ、すまない。それはペスカのことだったか」

モモコはにこにこと明るく返事をする。ペスカの行動とは思えず驚いてしまったが、そういえばこの子は〝ペスカではない〟のだと再確認する。

「お義姉様も同じことを言っていました。……でもね、ペスカも本当はずっと工房に行ってみたかったし、心の奥底ではお義姉様と仲良くしたかったみたいです。絡む方法が最悪すぎて、絶対仲良くなれるわけないのに」

「……」

自嘲気味に語るモモコの中に、ペスカという存在があることに、ウーヴァは言葉を失ってしまった。

モモコとペスカはまるで違う性格の別人だ。だけれど本当は、ペスカもモモコのようになりたかったのかもしれない。

「あっでも、わたしなんかがお手伝いしたなんて偉そうに言っていいのかな？　ってくらいにしか関わってないですけどね！　ほとんど見学です」

照れたように笑うモモコを見て、ウーヴァは目を細める。

(そうか……君は望みを叶えたんだね。よかった)

ペスカとウーヴァは、お互いに傷を舐《な》め合うような、どこか歪な関係だったように思える。

そんなペスカが、今は心から笑っているように見えて、ウーヴァはグッと胸が熱くなる。

「ど、どうしました？」

込み上げてくるものがあり、ウーヴァは一筋の涙を流してしまっていた。それをモモコに見つけられて、慌てて手の甲で涙を拭う。

「ごめん、なんでもないよ。はは、どうしてだろう。君が幸せそうで、僕もとても嬉しい」

「ウーヴァさん……」

モモコには絶対に変に思われたに違いない。それでもやはり、ウーヴァの胸中《きょうちゅう》に去来《きょらい》するのはペスカに対する思いだ。

一緒になろうと約束していたのに、いろいろと不義理をして傷付けてしまった。そのことがずっと心残りだったのだと痛感する。

モモコは謝罪を受け入れてくれたが、本当は、ペスカにちゃんと謝るべきだったのだ。

「大丈夫ですよ、ウーヴァさん」

最初の緊張した様子とは打って変わって、モモコの声色はとても落ち着いていた。

「ペスカももうあなたのことを許していると思います。なんなら貴方の幸せだって願っているはずです。だってわたしがそうだから。わたしとペスカは二人で一つです」

「……っ、ありがとう」

また何かが双眸から溢れそうになるのを、ウーヴァはぐっと堪えた。

そう何度も泣いているところを見せるわけにはいかない。

(僕はやっぱり、君のことが好きだったんだ。そしてまた、こうして君を好きになる)

ウーヴァの中には確かな気持ちがあった。とても温かで心地よい。

「もう少し、このフォンデュ鍋を堪能してもいいかな？」

「はい、もちろん！　私のお勧めはパンです」

気を取り直して、また目の前の新鮮な調理魔道具に目を向ける。

それから二人でいろいろな会話を交わしながら、メーラの到着を待ったのだった。

◇◇◇

「あら？」

いくつか話を終えた私とリーベスが応接間に行くと、そこにモモコとウーヴァの姿はなかった。

使用人たちの話によると、どうやら彼女たちは厨房へ行ったらしい。

その使用人に頼んで二人をこの場に連れてきてもらうことにして、私とリーベスは並んでソファーへと腰掛ける。

「……モモコとウーヴァも、私の提案を了承してくれるかしら」

「断ったとしても、了承させましょう」

「メローネ伯母様も、協力してくださるかしらね？」

「あの方こそ、最も働くべきではないですか」

「ふふ、リーベスったら」

強気な発言をするリーベスに、私は目を細める。彼も同じように微笑んでくれていて、美しい赤い瞳がゆらりと揺れている。

もともと、今日ウーヴァを伯爵家に呼んだのは、これからの話をするためだった。

もしかしたらリーベスが黒い狼の姿のままかもしれないと考えての策だったが、元に戻った今となっても、方向性は大きく変わらない。

――これから、私たちそれぞれが役割を見つけてそれぞれ幸せになるため。

その道筋を、しっかりと作りたい。

しばらくしてこの部屋に現れたモモコとウーヴァだったが、モモコは俯きがちに目を伏せたままウーヴァに手を引かれていて。彼女の淡い茶色の髪の隙間からかすかに見える耳は、紅く色づいていた。

「ウーヴァ。私が呼び立てたのに、遅くなってしまってごめんなさい。それにモモコ、ありがとう。あなたがウーヴァをもてなしてくれていたのね」

私がそう言うと、ようやくモモコは顔を上げた。その頬は瞳以上に桃色だ。

「いいよ、メーラ。ゆっくりできたおかげで、モモコともたくさん話ができたし、ね」

「ひえっ、またナチュラルな呼び捨て……！　推しの押しが強い……！」

「君はまた不思議なことを言っているね。……まあ、そんなところも可愛らしいのだけど」

「な、な……！　ウーヴァさん!?」

モモコの髪を一房手に取ったウーヴァは、その髪にそっと口づけをした。

その自然な動作にも驚いたが、何よりも驚いたのはウーヴァの表情だ。

こんなに爽やかな笑顔のウーヴァをこれまで見たことがない。何か吹っ切れたかのように、モモコに晴れ晴れとした笑みを向けている。

慄いている様子のモモコは相変わらず何かを言っているが、やっぱり何を言っているのか私にはわからないのが残念だ。ただ、彼の手を振りほどかないところから、嫌がっているわけではないのだろうと推測する。

二人の雰囲気は、以前見た喧嘩別れの時よりはずっといい。そのことに安堵する。

何だかわちゃわちゃとしている二人に私たちの向かいの席を勧めて座ってもらったところで、呼び寄せた爺やにも同席してもらい、私は今後の展望について全員に話すことにした。

「みんな揃ったわね。――じゃあ、聞いてもらえるかしら」

全員を見渡して、私はそう切り出した。

「とりあえずこれから、我がベラルディ家は資金を稼ごうと思うの」

静まり返った室内で、私が唐突にそう言ったため、全員がぽかんと呆気に取られた顔をした。

詳細を知っているはずの爺ややリーベスまでも同じ顔をしているものだから、少しおかしくなってしまう。

とはいえ、端的すぎたかと思い直した私は、順を追って話すことにした。

「――私は、ベラルディ伯爵家の現当主であり、この家を継いだ者として、領地の繁栄を守る義務があるわ。とはいえ、私にできるのは、魔道具を開発することだけ。だから、皆の力を借りて、もっとこの家を盛り立てていきたいと思っているの」

私は自分が、貴族として重要な社交や政治的な部分に疎《うと》いことはわかっている。これまでずっと領地に引きこもって開発ばかりしていたのだ。王都がどうなっているのかなんて、まるでわからない。

でも、このままではいけないと思った。

「……それは立派な志だと思うよ、メーラ。だけど、もう僕は平民の身だし、君の力になれるようなことは何もできないと思う」

少し自嘲気味に、ウーヴァは静かにそう語る。確かに、伯爵家を飛び出したらしい彼は、もう社交界に戻ることを厭《いと》うだろう。

魔力なしが露見することをずっと恐れていたのだ。望まれても戻りたくなどないはず。

「いいえ、ウーヴァ。貴方にも手伝ってもらいたいの。以前言っていたわね、事業を手がけているると。あなたのその手腕を見込んでお願いしたいのは、商会の設立と、その会長になることよ」

「商会……僕が？」

ウーヴァが貿易事業を手掛けようとしていることは、リーベスが報告してくれていた。既に国内での取引実績もあり、ウーヴァは有能な商人であるらしい。

であれば、その伝手《つて》を借りない手はない。それが私の出した結論だ。

「ええ。それに、モモコ」

「はっ、はいいっ！」

ウーヴァの隣にいたモモコはぱちぱちと目を瞬かせ、私の指名に飛び上がるように立ち上がる。その様子を見て微笑ましく思いながら、私は言葉を続ける。

「貴女には、私の助手として、この家に留まって欲しいと思っているわ。もう一度、ちゃんと私の義妹になって欲しいの。それで、また楽しい魔道具をたくさん作りましょう」

「……お義姉様……うう、もちろんです！」

彼女がもたらす知識は、とても楽しく、それでいて斬新だ。それに何より、彼女自身――モモコという存在は、私にとって初めて家族の温《ぬく》もりを感じさせてくれた。

「モモコが教えてくれる知識で、私が魔道具を作って、それをウーヴァが売るの。そうしてみんなで資金を得て、誰からも文句を言われないような体制をつくりたいの。……お願いします」

全員を見渡して、私は頭を下げる。

机上《きじょう》の空論かもしれないけれど、それぞれの得意分野を活かした上で、皆で盛り立てていけたら、それは素晴らしいことだと思える。

メローネ伯母様には、この後で協力を仰ぎに行く予定だ。これまで好き勝手に振る舞ってきた方ではあるけれど、あの方はこの家で唯一、社交が得意なお方だ。

これまでも、勝手ではあるがベラルディ家の伯爵夫人として振る舞ってきた実績もあり、お茶会への参加も難なくこなす。

そんな彼女には、ぜひこの新しい事業の宣伝をお願いしたいのだ。夫人たちのネットワークは強大で、その中で他の貴族たちの興味を引ければ、きっと追い風になる。

これまでに作ったハンドミキサーやアイスクリームメーカーなどを売り込む一大市場となる。あの意地っ張りな伯母様のことだから、きっと、すぐには納得しないだろう。それにまずは、ペスカへの暴力についての謝罪もしてもらわないと。

そんなことを考えながら、ちらりと隣に視線を移す。

私を見守るリーベスは、優しい笑みをたたえていて、爺やは少し涙ぐんでいる。

「リーベス。貴方も忙しくなるわよ。私を支えるために、たくさん勉強してもらうわ。従者としてではなく、ゆくゆく私の旦那様になるために」

「ぐえっ」

「はい、メーラ様。必ずやり遂げます」

「ほっほっほ、メーラ様。この爺にお任せください。叩き込みますぞ」

リーベスと爺やが返事をする前に、カエルが潰れるような声が聞こえたが、それはきっと真っ赤になって口をおさえているモモコから発せられたものだろう。

私と目が合うと、ぱちぱちと大きな目が瞬きを繰り返す。そういえば、リーベスに結婚を申し込んだことをまだ彼女は知らないのだった。

リーベスは獣人で、出生は不明。そのことは、貴族の婚姻にきっと影を落とすことになるだろう。リーベスも気にしていたことだ。

——だから、お金がいる。ベラルディ伯爵家の地位を確固たるものにして、誰から文句を言われようとも動じない体制を作りたいのだ。婚姻はそれからでも遅くはない。

リーベスと見つめ合っていると、こほり、と咳払いが聞こえた。

少しだけ顔を背けたウーヴァが、わざとらしく口の前に拳を置いている。

「メーラ、君の考えはわかった。僕としても、ぜひ協力したい。手がけた事業はちょうど軌道に乗ったところだし。だが、僕にも条件がある」

「まあ、何かしら」

そう問うと、ウーヴァの紫色の瞳が、燃えるような意志を持って私を見た。これまでになく、凛々しい表情だ。

さっと立ち上がった彼は、胸の前に恭しく右手を添えると、姿勢を正した。

「ベラルディ伯爵に申し入れます。この一大事業が成功した暁には、ペスカ——いや、モモコ・ベラルディ嬢に婚姻を申し込むことをお許しいただけますか」

「まあ」

「えっ！」

びっくりした顔で固まるモモコを尻目に、ウーヴァは私の返事を待っている。彼にこんな情熱的な部分があったなんて……と驚きはしたものの、その真剣な眼差しに、私はついつい笑みをこぼしてしまう。

「そうね。成功したら、考えましょう。でも、それはモモコの同意を貴方がしっかり得てからの話だわ。モモコが望むなら、許します」

「ありがとう、メーラ。新しい事業も、婚約者どのをその気にさせるのも、どちらも全力で頑張るよ」

「えっ、あっ、ちょっとお義姉様にウーヴァさぁん。わたしを置いてかないでくださいっ」

「聞いてのとおりだ、モモコ。僕はこれから全力で君に求婚する」

「いや待って、推しの押しが強い……！　キャパオーバーですからぁぁ！!!」

顔を真っ赤にするモモコと、吹っ切れたように爽やかな笑顔を見せるウーヴァ。彼女たちの行く末も、幸せな結末であればと私は心から願う
「ではメーラ。早速だが、君はその魔道具をどこに売りたい？」

「そうね。まずは国内で一旗挙げてからとも思ってるけれど、最終的にはモルビド共和国に」

事業者モードにさっと切り替わったウーヴァに、私は最終目標を口にする。

獣人の国モルビド。魔力のない彼らに、安全で楽しい魔道具を提供できれば、魔道具師としても大きな一歩になる。

「……うん、僕も同意見だ。国交が開かれていない障壁はあるが、その分見返りも大きいだろう。ちょうど使節団も来ることだし……うん、作戦を練ろう」

「ええ。それにほら、これも使ってみようと思って」

「それは……！」

私がとある封筒を取り出すと、ウーヴァもリーベスも目を見張った。後回しにしていたあの封書を役立てる機会がやってきたのだ。

私たちはそれから、みんなでいろんな案を出し合った。

こうして全員で何かを目指すということを今までやったことはなかったけれど、話し合いが終わって就寝する時になると、その充足感がまじまじと思い出される。

（とっても楽しかったわ。いい夢が見られそう）

ふわふわの枕に顔を埋めながらそんなことを思う。

これからはあんな悪夢を見ることはなさそうだ。そんな確信めいた気持ちに包まれながら、私はあっという間に眠りについた。

第九章　大きな家族

「――では皆、ゆるやかに楽しまれよ」

ラフルッタ王の宣誓のもと、王宮では獣人の国モルビド共和国の使節団を歓迎するための夜会が催されていた。

国交を断絶していた隣国の使節団が数十年ぶりに来訪するとあって、その規模は大きい。

煌びやかな装飾の大広間には、王により招かれた貴族たちと使節団がいた。

鮮やかなドレスに身を包む淑女や令嬢たち、歓談の声、シャンパングラスを盆に載せて回る給仕。会場に配置されたテーブルには軽食が提供されている。

一方、モルビドの使節団は大半が軍人であり、ほとんどが揃いの黒の軍服を身に纏っている。見慣れない獣人が揃いの軍服で塊になっている様《さま》は、夜会においては異様な光景でもあった。

表立っての諍《いさか》いこそないが、会場にはどこかピリピリとした空気が漂っている。

「……ちっ、ケモノ風情が」

体躯も大きく、中には獣の耳が見えている獣人族のその様子を、あからさまな嫌悪を示しながら睨みつける貴族もいる。

残念ながら、獣人というものに対する偏った意識が、このラフルッタ王国の一部ではまだ蔓延《はびこ》っている。古くからの貴族ならば尚更《なおさら》だ。

「……」

だが、それは獣人《モルビド》国側も同様だ。

同胞たちを悪魔の道具によって奴隷のようにこき使っていたラフルッタ王国を、そう簡単に許せるはずもない。会場の隅の方でのその侮蔑に満ちたやりとりは、発達した身体能力を持つ獣人たちの耳にも当然入っている。

「……全然友好って雰囲気じゃないですよねえ、団長」

使節団の中にいた、明るい茶色の髪を持つ狐獣人の青年は、人好きのする笑顔を浮かべながら隣にいる男に話しかける。

「……まあ、そうだな」

団長と呼ばれた黒髪の男は、静かに同意した。

目立った対立はしないが、歩み寄ろうともしない。見かけだけは華やかで豪華なこの会場も、人の腹の中も並べられた料理も、すっかり冷えきっている。

隣国との国交断絶をなんとかしようと祖国を送り出されたモルビド共和国の者たちだが、先祖が奴隷としてその命を軽視されていたことを当然忘れはしない。

しかし、いくら身体能力が高かろうと、このラフルッタ王国の者が使える魔法というものに対しては、なす術《すべ》はない。魔道具も同様だ。

火と水のような相容れない存在であるのに、隣接しているという地理的状況から、友好な関係を築かなければならないという葛藤《かっとう》を抱えている。

「わ、あれ、なんだろ？」

夜会会場の一角で、一際大きな歓声が上がったため、茶髪の狐獣人はそちらを振り向いた。とあるテーブルに令嬢たちが集まり、きゃあきゃあと賑《にぎ》やかな声をあげている。獣人に対する悪口かと思って別の兎獣人が耳をすませたが、そういった話は聞こえてこない。

「なにやら、珍しい菓子が提供されているようですね」

捉えた情報を団長にそのまま伝える。

「確かに、甘い香りがするね」

「ふむ……菓子か？」

こう着状態のように思えたこの会場で、あの一角だけ空気が確かに和らいでいる。何やら小さな容器に入った黄金色の食べ物を、若い女性が喜んで食べていた。

その隣では、茶色のタワーからとろりとした液体が噴水や滝のように上から下へと鍋に流れていく様子が見える。甘い香りは、確かに獣人たちの鼻にも届いている。

モルビド使節団の面々だけではなくラフルッタ国の貴族たちまで呆気に取られたようにそれを見つめていることからして、何やら新しい催しであるらしかった。

「モルビド共和国使節団の皆様」

そのちょっとした騒ぎの反対側から声がした。

すっかり向こうの様子に気を取られていた団長と呼ばれている男の前に立つのは、柔らかな笑みを浮かべる金髪の男だ。

「この度は、長い旅路をお疲れ様でした。私はルーチェ商会のウーヴァと申します」

しなやかに腰を折るその男は、ただの商人のようには見えなかった。どちらかといえば、貴族に近い。

「商人がなんの用だ」

団長の隣の虎獣人が牙を剥いて威嚇《いかく》する。気性が荒く喧嘩っ早いことで有名な男である。

ヒイ、と周囲から声が聞こえ、脂ぎった貴族の男どもがこちらを畏怖の表情で見つめていた。

「商人ですから、もちろん商談です。時間がないので単刀直入に申し上げますが、獣人国の皆様は〝魔道具〟には興味がありませんか」

だが、目の前の男は全く揺るがない。未だに笑顔を崩さず、真っ直ぐにこちらを見ている。

魔道具。忌まわしき隷属の道具。そう考えた虎獣人が今にも獣の姿に変化しようとするのを、団長は片手で制した。

「この国の若者は、歴史を学んでいないのか？」

地を這うような声にもウーヴァは動じない。想定内である。

「もちろん存じております。ただ、魔道具はとても便利な代物でもあり、そうですね……たとえば、私のような魔力なしの元貴族でも使えるように、現在も改良を重ねています」

ウーヴァはその紫水晶のような瞳で、自分よりも背丈も体格もいい男たちを真っ直ぐに見渡し、そして微笑んだ。

「我が国随一の魔道具師であるメーラ・ベラルディ伯爵が、モルビド共和国との取引を望んでおられます。彼女が生み出す魔道具は既に我が国でも品薄でして。たとえばあの卓では、魔道具を使って作った甘芋のパフェやチョコレートフォンデュなどを提供しております。ご興味がありましたら、ぜひ別室でお話をしたいと思っております」

ここで怯んではいけないと、ウーヴァは自分に言い聞かせる。使節団の来訪は願ってもない好機であり、今後の自分自身の道を切り開くのに必要なことだ。

だからこそ、体の奥底から湧き出る、今にも震え上がって逃げ出したいという本能をなんとか理性で抑え込む。

一種の賭けのような気持ちで、ウーヴァは涼しい顔で回答を待った。

「魔力なしの元貴族……か」

ウーヴァの言葉を聞いた壮年の団長は、笑顔の下に緊張を忍ばせるウーヴァを一瞥し、それから人が集まる卓を見る。

先ほどよりさらに盛況となり、給仕に立つ男女も忙しそうだ。

獣人国では力が全てであるように、この国では魔力が全て。その中で、魔力なしで生まれた元貴族の男。

「――そうだな。君の覚悟に免じて、話を聞かせてもらおうか」

「っ！　ありがとうございます」

「団長!?」

「話を聞いてからでも遅くはないだろう」

モルビド共和国の使節団の一人はそう言って、ウーヴァに手を差し出したのだった。

◇◇◇

ウーヴァが使節団の数名と共に別室に移動していくのを、同じ会場にいた私はちらりと横目に見た。

（うまく……いっているのかしら？）

ウーヴァのこの場での役割は、彼らの興味を引くことと、誘導すること。

どこかピリピリとしたこの会場の空気の中で、ウーヴァは彼らと堂々と対峙していたように思う。

私はこうして給仕のメイドに扮《ふん》して会場の反応を窺っていたわけだけれど、やはりまだ獣人族に対する意識は根深いように感じた。

（あんなにもふもふで素敵なのに……どうしてなのかしら）

私はリーベスの狼姿を思い出しながら、つい口を尖《とが》らせる。人でありもふもふでもあるなんて、とっても良いことだと思うのに、世論はそうではない。

できることならメーラももふもふの犬になって、黒い狼となったリーベスと野を駆けたり日向《ひなた》ぼっこをしてみたいと思ったりもする。

でもそうすると魔道具開発はできないから、それは困ると思う私もいる。

「……ねえねえあれって、ウーヴァ様でしたよね？」

「伯爵家を出奔《しゅっぽん》したというのは本当のようね……それにさっき〝魔力なし〟だって」

「まさか！　でもご本人が言うのだから。本当なのかしら……？」

「ショックですわ。社交界の恒星でしたのに！」

パフェ作りをする私の前で、令嬢たちが声をひそめて会話を交わしている。

やはりウーヴァは顔が広いらしく、この場で彼のことに気がついた人は多いようだ。社交界の恒星だなんて二つ名があったとは、まるで知らなかった。

「メーラ様。そろそろ移動しましょう」

隣に立つのはリーベスだ。白いシャツに黒のベストというシンプルな出立《いでた》ちながら、やはり彼の顔立ちも興味を引くらしく、令嬢たちがうっとりとした顔でリーベスから菓子を受け取ってゆく。

「ええ、そうね」

そんな彼に声をかけられたため、私は後ろを振り向いて、別のメイド——一緒に来てもらっていたプルーニャとカミッラに目配せをした。

この使節団の歓迎会の場にこうして魔道具を売り込みに来ることについて、王家からの許可はしっかりと取っている。

王子から届いた書簡は、私の新しい婚約を勧める内容だったために放置していたけれど、その返事と称して私が願い出たのは、この隣国使節団の歓待に、魔道具を作る一族として一枚噛ませて欲しいというものだった。

王家としても大規模な夜会を開催予定であり、貴族の一員でもあるベラルディ家にも声をかける予定だったそうなのだが、まさか給仕側で参加するとは思ってもいなかっただろう。

私は目の前に並べられた調理魔道具たちを見る。

ハンドミキサーにアイスクリームメーカー、フォンデュ鍋にブレンダーが並ぶ。

モモコの発案で、旬の甘芋を用いてパフェを作る実践的な宣伝をすることになった。

蒸した芋をブレンダーで滑らかなペースト状にし、ミルクアイスと層になるように重ねてホイップクリームを載せる。

夜会用に食べやすく小さく作ったパフェを、完成したそばからテーブルに並べていくと、目新しいものに目がない令嬢や淑女たちは目を輝かせている。

さらにフォンデュ鍋にはタワーのようなパーツを取り付け、さらに華やかなチョコレートフォンデュを楽しむことができる逸品となった。

この三ヶ月の間に改良に改良を重ねた魔道具は、かなり圧縮した魔法回路を用いることで消費する魔力量を抑えることが可能となった。

ボタン型の魔道具には凝縮した魔力を投入し、それを魔道具にセットすることで、魔力がない人でも道具を使用することができる。

「では二人とも、頼んだわね」

「はい。いってらっしゃいませ、メーラ様」

リーベスと二人、名残惜しいが、盛況なテーブルから離れる。

その場で食べられるパフェやチョコレートフォンデュについても、私と同じく出席者の心を掴んだらしい。

(あら……獣人の方も全く興味がないわけではなさそうね)

色とりどりのドレスに身を包んだ令嬢たちの人垣の後ろで、獣人使節団の一員だと思われるメンバーもこちらの卓を見ている。

既に列に並んでいる人もいて、ひとまず目立つことには成功したと言えるだろう。

貴族は新しいものが好きだという話をウーヴァがしていたから、思い切ってこの特別な夜会を狙ってみてよかった。

会場を出たリーベスの背中を追いながら、私も別室を目指す。

「メーラ様、お手を。お召し替えはしなくともよいのですか?」

「ええ、このままでいいわ。すぐにでもお話ししたいもの」

私はリーベスの手を取って、先を急いだ。

手筈《てはず》どおりに進んでいれば、この先の部屋にウーヴァが使節団の人を招いているはず。

そこで改めて、ベラルディ伯爵家当主として彼らに時間をとらせてしまったことを謝罪し、それから新しい魔道具を紹介する計画になっている。

とあるドアの前でリーベスが立ち止まる。

「緊張……されていますか？」

ここに、彼らがいる。どうやら私は顔が少し引き攣《つ》っていたらしい。

「ええ、とっても」

ずっと領地に下がっていた引きこもり令嬢からそのまま当主にまでなった私だ。足りないものは圧倒的に多いし、今この瞬間も、できることなら工房に取って返して引きこもりたいとさえ思ってしまう。

胸に手を当て、バクバクと大きく打つ心臓をなんとか落ち着かせようと、深い呼吸を繰り返す。

それでも前に進みたいのは、私にも欲しいものができたからだ。

「大丈夫です。メーラ様には、皆がついています」

俺も――と言いながらリーベスは私の手を引き上げ、その指先にそっと唇を落とした。

「リッ、リーベス？」

「緊張が解けるおまじないです」

私が狼狽《ろうばい》すると、リーベスは悪戯《いたずら》っぽく笑う。確かに心臓はまだドキドキしているけれど、それは先ほどまでの不安からくるものとは違っている。

確かに緊張は解けたような気がする。

「……えーっと、ベラルディ伯爵とその従者の方。仲がいいのは結構なのですが、そろそろ中に入ってもらってもいいですか？」

扉が開き、呆れたような顔のウーヴァが手招きをする。私たちの存在に既に気がついていたらしい。

ただ、その表情にはどこか安堵が見える。ウーヴァも私たちが来て安心したようだった。

「――じゃあ行きましょう、リーベス、ウーヴァ」

私は気を引き締めて、その部屋の中へと足を踏み入れた。

今すぐには難しくとも、魔道具の楽しさや便利さを皆に楽しんでもらいたいと思う。

人を苦しめる道具ではなく、人を助けるものであることをわかってほしいとも。

「モルビド共和国の皆様、初めまして。ベラルディ伯爵家当主、メーラと申します」

私は胸を張り、前を見た。

「それでは、始めさせていただきます」

前髪もゴーグルもなく、視界を遮るものは何もない。それでも、不思議と怖くはない。

あとでもふもふを見せてもらえたりしたらいいな、と少し不純な動機を織り交ぜながら、私はリーベスとウーヴァと共に、魔道具の説明を始めたのだ。

◇◇◇

窓を開け放っていた執務室に、さらりと涼やかな風が入ってきた。

「すっかり秋だわ。もうあれから一年になるのね」

私はふと書類を捌《さば》く手を止めて、そこに刻まれた日付けを見る。

あの全ての変化の始まりとなった婚約解消騒動から早くも一年が経つ。

父の後を継いだばかりで名ばかりの当主だったあの頃より、少しは当主らしくなれただろうか。そんなことを思いながら、領民から寄せらせた陳情書や、必要な書類に目を通す。

こんこん、と執務室の扉をノックする音が聞こえて、「どうぞ」と声をかける。

部屋に入ってきたリーベスは、以前のような従者服ではなく、正装を身に纏っていた。

「リーベス、お帰りなさい。早かったのね。お出迎えができなくてごめんなさい」

予想外の人物がそこにいて、私は慌てて椅子から立ち上がり、彼の元へと駆け寄った。

リーベスは目の下の隈がひどく、とても疲れた顔をしている。

「いえ、俺が早く帰ってきたかっただけですので。馬車はまだ、あと一週間は到着しないでしょう」

「まあ、もしかして……」

「はい。馬車の到着が待ちきれなかったので、俺だけ先に戻ってきました」

馬車よりも早い移動手段——それはきっと、リーベスが黒狼の姿で駆けてきたことを意味している。獣型となったリーベスの身体能力はとても高く、隣国までの道のりも、あっという間だという。

今回は訳あって、リーベスは彼の生まれ故郷であるモルビド共和国へと旅立っていた。馬車で往復ひと月ほどもかかるはずの全行程だが、予定より一週間も早くとんぼ返りしてきたらしい。

「メーラ様、失礼します」

「えっ」

リーベスの側へと歩み寄ったところで、伸びてきた長い腕に掴まり、そのまま強く抱きしめられた。ぎゅうぎゅうと力を込めるものだから、背中が軋《きし》みそうだ。

「……メーラ様のにおいだ……落ち着く……」

「え、やだ、ちょっと、嗅ぐのはダメよ」

私の首元に顔を埋めるリーベスがそんなことを呟くものだから、恥ずかしくなってしまう。

彼の前髪が首筋に触れて、くすぐったい。まるで大きな犬さんに戯れられているようだ。

私はお返しに、リーベスのしなやかな黒髪を撫でる。サラサラだ。

「これでようやく、触れられます。名実ともに、貴女を俺の番にできるんですね」

うっとりとした声色のリーベスが、そんな言葉を漏らす。

「うまくいったのね」

「はい、アルデュイノさんとウーヴァさんと共に、これを」

少しだけ体を離したリーベスは、胸元から何やら青い封蝋がついた書状を取り出した。

そこに刻まれているのは、獣人の国との正式な通商許可と、それから、獣人国におけるリーベスの身分を認める文言だった。

「すごいわ……！」

「はい」

私が書状とリーベスの顔を何度も確認するように視線を往復させると、リーベスはくすりと微笑む。

あの時に話し合ってみんなで協力することに決めてから、私たちはそれぞれの役割に邁進《まいしん》した。

モモコはゼンセのいろいろな便利な道具や流行りの食べ物を、イラスト付きで私に教えてくれた。それを元に作った魔道具を、商会を新たに立ち上げたウーヴァが流通させる。

彼が手始めに手がけたパフェ専門のカフェテリアは、貴族の間でも平民の間でも人気が出て、ベラルディ伯爵家の名はあっという間に世間に広まることとなった。

これまで細々と日用品を開発していた頃と比べて、それはもう爆発的に。

私たちに協力することに最初は難色を示していたメローネ伯母様も、お茶会などでカフェの新作メニューや新しい魔道具について尋ねられることが増えたことが嬉しかったらしく、最近では率先して手伝ってくれている。性格も多少は丸くなった。

そうして資金を得た私たちは、最終目標へ向かって動き出した。

リーベスの故郷、獣人の国は、今はほとんどの国と貿易をしていない。だからそこに目をつけ、彼らでも扱えるような魔道具を作り、売る。

獣人であるリーベスと、魔力のないウーヴァ。彼らが易々と便利な道具を扱う姿は、獣人の国でも興味を引き、少しずつ販路を拡大していった。

そして今回、異例の早さでかの国直々の通商許可とリーベスの爵位を賜《たまわ》ることになったのだ。

一代限りの男爵ではあるが、貴族の仲間入りをしたことは間違いない。そしてそれは、私たちの最後のハードルを乗り越えたことになるのだ。

ようやく、正式な婚約ができる。

「メーラ様、愛しています。ずっと一緒にいて欲しいです」

「ええ、もちろんよ」

リーベスはまた、私の首元に顔を埋める。そのまますりすりと甘えるように頭を擦り付けるものだから、可愛らしくて笑ってしまう。

彼のふわふわの黒髪をまた撫でると、ぴくりと反応して、少しだけ動きが止まる。

「リーベス？」

名前を呼びかけると、温かい吐息《といき》を感じた後、首元にちくりとした痛みを感じた。

「えっ、あの」

「メーラ……」

顔を上げたリーベスの赤い瞳は、とろりととろけている。なんだか変だ。

酒に酔っているような、熱に浮かされているような、どこかふわふわとした表情を浮かべている。

私の背中に回った彼の手が、髪を束ねていたリボンをしゅるりと解いたものだから、まとめられていた髪が背中に落ちた。その間も強い力で抱きしめられたままで、私は身動きが取れない。

「リーベス、どうしたの？　ほら、しっかりして」

「これまでたくさん我慢しました。もうメーラ様は俺のものです。俺の……」

「きゃあ！」

どう考えても正気ではないリーベスの腕をペシペシと叩いていると、私は急に抱き上げられた。

ふわりと宙に浮いてしまった以上、下手な抵抗ができるはずもなく、横抱きにされた私は、どさりとベッドの上に下ろされた。

ギラギラと燃えるように赤いリーベスの瞳の後ろに窓の景色が見える。

夕日はすでに姿を隠し、空の色は赤から群青色に変わろうとしている。そして、今夜は――

「メーラ様、愛しています。メーラ……」

よそ見をしていたところ、私の唇に触れたのはリーベスのそれだった。意識を目の前の彼に戻した私は、そっと腕を伸ばして、彼を抱きしめる。

「……うん。これからはずっと一緒ね。リーベスが旦那様で、伯母様と爺やがいて。モモコとウーヴァは、私たちの義理の弟妹になるの」

「……はい」

ふわふわと黒髪を撫でているうちに、リーベスの姿にだんだんともふもふが増してゆく。

（今夜は満月だったのね）

空には既に、まん丸の月が浮かんでいた。

リーベスが急いで帰ってきたのは、きっとこのこともあったからなのだろう。まだしっかりとは獣化コントロールができていないため、満月の夜だけは未だに狼に戻るのだ。

熱に浮かされたようにしていたのは、変化の前触れだったのだろう。

「おやすみなさい。未来の旦那様」

「わふ……」

すっかり大きな狼となったその毛並みを撫でているうちに、リーベスの呼吸は規則正しくなってゆく。

寝食も忘れて、昼夜問わずに走り続けてきたのだろう。早く、吉報を伝えるために。

リーベスの身体から力が完全に抜ける前に、私はそこから抜け出した。しっかりと瞼を閉じて、狼のリーベスは眠ってしまっている。

「――おやすみ、リーベス。よい夢を」

もふもふとした頭を撫でて、ベッドから離れる。

私もこの吉報を伝えなければ。他でもない、大切な義妹に。

モモコの部屋を訪ねると、彼女はまた机に向かって何かをガリガリと描いていた。

「モモコ。あなたに報告があるの。ウーヴァは約束をやり遂げたわ。……貴女もそろそろ、結論を出さなくてはね」

「ひゃっ」

モモコの部屋で彼女にそう伝えると、それこそ桃のように淡く頬を色づかせる。

この一年、ウーヴァの猛攻はすごいものだった。

我が家に来るたびにモモコに甘い言葉を投げかけていたし、どこから入手したのかは知らないが、モモコの好みのセリフやらシチュエーションを学び、実践していた。

『オシからの供給が過多……！』と度々言っていたモモコも、そろそろネングノオサメドキというやつなのだろう。

モモコがぼそぼそと呟いていただけだから、正確な意味はわからないけれど。

「けっ、結論はずっと前に出てるんです、出てるんですけど……ウーヴァさんの前だと、きっ、緊張するんです！」

「あなたたちもいずれ夫婦になるのだから、いい加減慣れないと」

「うわーーん、お義姉様の方がいつの間にか恋愛上級者になってるぅぅぅ」

こうして騒がしいモモコも、一週間後にウーヴァが訪ねてきたら、また顔を真っ赤にしてしおらしくなるのだろう。

ウーヴァがこの機会を逃すはずはない。確実にモモコにしっかりと求婚するに違いない。

そしてモモコも、恥じらいながら頷くのだ。その様子は容易に想像がつく。

私はモモコとなったペスカを見つめながら、感慨深い気持ちになった。

一年前とはまるで違う家族の形が、確かにここにあった。

これからがますます楽しみだ。リーベスがいて、モモコたちがいて、みんなで支え合って、また家族が増えて……そうしたら、どんなに素敵なことだろう。

(とても楽しみだわ。これから先のことも、ずっと)

私は顔を真っ赤にして嘆いている義妹の……モモコの頭を撫でながら、大きな幸福感に包まれていた。

あとがき

はじめまして、ミズメと申します。この度は『義妹に婚約者を奪われたので、好きに生きようと思います。』をお手に取っていただき、ありがとうございます。

ウェブ上で掲載し、コンテストに応募していた本作にお声がけいただき、ありがたくもこうして出版の運びとなりました。

出版にご尽力いただいた関係者の皆様、本当にありがとうございます。

このお話は、義妹による婚約者略奪に私の大好きな転生要素を掛け合わせました。

詰んでる世界に転生してしまったら、一体どうなるんだろう……と。

ここまでお読みくださっているみなさんにはもうすでに伝わっているかと思いますが、『ずっとテンションの高い義妹モモコ』はこうして生まれました。

私の作品の中でも群を抜くハイテンションレディです。

物語の核、モノづくりをするメーラとお仕えするリーベスに関しては、私も作中のモモコ同様に主従が大好きで、さらに獣人も大好きなので、あの屋敷の壁と床になった気持ちで楽しく書きました。もふもふはロマンですよね。大好きです。

メーラたちはみんなどこか不安を抱えて生きていましたが、四者四様、それぞれに前向きになってこれから頑張っていけると確信しています。

これからも応援していただけると幸いです。

よろしければ、ぜひご感想をお寄せいただけるととても嬉しいです。

最後までお読みいただきありがとうございました。またどこかでお会いできますように！

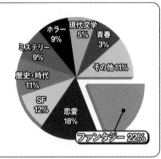

第4回ツギクル小説大賞
大賞受賞作
追放悪役令嬢の旦那様
著／古森きり
イラスト／ゆき哉
1〜8
謎持ち悪役令嬢
規格外の旦那様と辺境ライフはじめます!!!
マンガPark
「マンガPark」（白泉社）で
©HAKUSENSHA
コミカライズ好評連載中!
卒業パーティーで王太子アレファルドは、自身の婚約者であるエラーナを突き飛ばす。
その場で婚約破棄された彼女へ手を差し伸べたのが運の尽き。翌日には彼女と共に国外追放&
諸事情により交際0日結婚。追放先の隣国で、のんびり牧場スローライフ!
……と、思ったけれど、どうやら彼女はちょっと変わった裏事情持ちらしい。
これは、そんな彼女の夫になった、ちょっと不運で最高に幸福な俺の話。
1巻：定価1,320円(本体1,200円＋税10%)　ISBN978-4-8156-0356-4
2巻：定価1,320円(本体1,200円＋税10%)　ISBN978-4-8156-0592-6
3巻：定価1,320円(本体1,200円＋税10%)　ISBN978-4-8156-0857-6
4巻：定価1,320円(本体1,200円＋税10%)　ISBN978-4-8156-0858-3
5巻：定価1,320円(本体1,200円＋税10%)　ISBN978-4-8156-1719-6
6巻：定価1,320円(本体1,200円＋税10%)　ISBN978-4-8156-1854-4
7巻：定価1,320円(本体1,200円＋税10%)　ISBN978-4-8156-2289-3
8巻：定価1,430円(本体1,300円＋税10%)　ISBN978-4-8156-2404-0

両親の死で子爵家最後の跡取りとして残された1人娘のサーシャ＝サルヴェニア。しかし、子爵代理の叔父はサーシャに仕事を丸投げし、家令もそれを容認する始末。
ここは、交通の便がよく鉱山もあり栄えている領地だったが、領民の気性が荒く統治者にとっては難所だった。
そのためサーシャは、毎日のように領民に怒鳴られながら、馬車馬のように働く羽目に。
そんなへとへとに疲れ果てた18歳の誕生日の日、婚約者のウィリアムから統治について説教をされ、ついに心がポッキリ折れてしまった。サーシャは、全てを投げ捨て失踪するのだが……。

定価1,320円（本体1,200円＋税10%） 978-4-8156-2321-0

ツギクルブックス

https://books.tugikuru.jp/

転生少女は
救世を望まれる
平穏を目指した私は
世界の重要人物だったようです
蒼井美紗
イラスト：蓮深ふみ
目指すは
ほのぼの 平穏
異世界暮らし！
……のはずが、私が世界の重要人物！？

ちったい俺の
巻き込まれ
異世界生活
1〜5
著 ぬー
イラスト こよいみつき
2024年5月、
最新6巻発売予定！
異世界転生したら幼児になっちゃいました!?
コミカライズ
企画進行中！
ちったい俺でも
異世界を楽しんでいい？
巻き込まれ事故で死亡したおっさんは、幼児ケータとして異世界に転生する。聖女と一緒に降臨したということで保護されることになるが、第三王子にかけられた呪いを解くなど、幼児ながらに次々とトラブルを解決していく。
みんなに可愛がられながらも異才を発揮するケータだが、ある日、驚きの正体が判明する——
ゆるゆると自由気ままな生活を満喫する幼児の異世界ファンタジーが、今はじまる！
定価1,320円（本体1,200円＋税10%） ISBN978-4-8156-1557-4

ツギクルブックス

愛読者アンケートに回答してカバーイラストをダウンロード！


愛読者アンケートや本書に関するご意見、ミズメ先生、秋鹿ユギリ先生へのファンレターは、下記のURLまたは右のQRコードよりアクセスしてください。

アンケートにご回答いただくとカバーイラストの画像データがダウンロードできますので、壁紙などでご使用ください。

https://books.tugikuru.jp/q/202312/gimainiubawareta.html

本書は、「小説家になろう」（https://syosetu.com/）に掲載された作品を加筆・改稿のうえ書籍化したものです。

義妹《ぎまい》に婚約者《こんやくしゃ》を奪《うば》われたので、好《す》きに生《い》きようと思《おも》います。

2023年12月25日　初版第1刷発行

著者　ミズメ

発行人　宇草 亮
発行所　ツギクル株式会社
〒106-0032　東京都港区六本木2-4-5
TEL 03-5549-1184
発売元　SBクリエイティブ株式会社
〒106-0032　東京都港区六本木2-4-5
TEL 03-5549-1201

イラスト　秋鹿ユギリ
装丁　株式会社エストール

印刷・製本　中央精版印刷株式会社

ISBN978-4-8156-2401-9
Printed in Japan